novum pro

AF140578

Manuela **Uebelhart**

Wolke und Elias
Die Reise auf dem Zauberseil

novum pro

Dieses Buch ist auch als
e-book
erhältlich.

w w w . n o v u m v e r l a g . c o m

Bibliografische Information
der Deutschen Nationalbibliothek:

Die Deutsche Nationalbibliothek
verzeichnet diese Publikation in
der Deutschen Nationalbibliografie.
Detaillierte bibliografische Daten
sind im Internet über
http://www.d-nb.de abrufbar.

Gedruckt in der Europäischen Union
auf umweltfreundlichem, chlor- und
säurefrei gebleichtem Papier.

© 2022 novum Verlag

ISBN 978-3-99131-607-7
Lektorat: Sandra Pichler
Umschlagabbildungen:
Manuela Uebelhart
Umschlaggestaltung, Layout & Satz:
novum Verlag
Autorenfoto: Manuela Uebelhart

www.novumverlag.com

Climate neutral
Print product
ClimatePartner.com/16547-2201-1002

Für meine geliebten Söhne Joel und Marc

Inhaltsverzeichnis

Kapitel 1

Der tiefe Fall

Der Junge saß auf dem Rücken der großen Giraffe, ritt langsamen Trab und hielt den langen Hals des Tieres eng umschlungen. Auf keinen Fall wollte er fallen, denn zu tief ging es hier in den dunklen, nebligen Schlund, ins Nichts. „Eeeellliiiiiaaas!", rief eine Mädchenstimme so schrill, dass man hätte meinen können, sie überschlüge sich demnächst. Glücklicherweise war das deren Stimme und nicht das Mädchen selbst. Das blonde, lockige Haar hing ihm struppig über die rote, verschwitzte Stirn. Wolke schniefte und überlegte sich kurz, nochmals den Namen zu rufen – diesmal aber noch lauter. Doch bevor ein Laut über ihre Lippen kam, drehte der Junge auf der Giraffe seinen Kopf und sah „seine Wolke" dicht hinter ihm her reiten. Sie saß auf einer gefährlich aussehenden Echse, deren Zähne unnatürlich und wuchtig aus dem Kiefer gewachsen waren. Griesgrämig und schaurig verzog ein gemeines Lächeln das gewaltige Gebiss des Reptils. Das Untier starrte auf das Hinterteil der Giraffe. Der Schaum triefte unübersehbar aus seinem Maul. Die wachen, schwarzen Pupillen blitzten erst nach rechts und dann nach links. Elias wusste nicht, wen die Echse im Visier hatte. Da er sich der Sache nicht ganz sicher war, gab er der Giraffe die Sporen und trieb sie an, etwas schneller über das dämliche Seil zu laufen. Das war schwierig für die schlaksige Gestalt, weil sich das fleckige Tier mit den Hufen einhaken musste. Elias war schwindelig. Aber er verließ sich auf Wolkes Worte, die ihm versichert hatte, dass Echsi eine echt liebe Echse sei. Na, das musste ihm das Vieh erst einmal beweisen! So wie das dreinschaute! Mit Sicherheit musste es doch Wolke nicht entgangen sein, dass man bei Echsi den weißen, nassen Schleim aus dem Maul tropfen sah.

Der Junge gab sich einen erneuten Ruck, ließ das Seil, das als Zügel diente, einen Finger breit aus seinen Händen gleiten. Aluna, die verspielte Giraffe, spürte für einen Moment einen Hauch von Freiheit, besann sich aber noch rechtzeitig darauf, wo sie sich gerade befand. Ja, eben, auf einem gespannten Seil, welches sich gegen den Horizont hinzog und keinen Blick auf ein Ende freigab. Ach, du meine Güte! Unendlich! Wohin das wohl schlussendlich führt? Jetzt hatte Echsi mit seiner Fracht, der kleinen blonden Wolke, etwas aufgeholt. Dieses gescheckte Tier da vorn reizte die grüne Schlange mit den kräftigen, beschuppten Beinen ganz schön. „Da muss eine Menge Fleisch drin sein, in diesem Fell", dachte Echsi und malte sich in seiner blumigen Fantasie aus, wie das wohl schmeckte.

Wolke musste gespürte haben, dass ihr Reittier etwas aus der Fassung geraten war und mahnte: „Denk nicht einmal im Traum darüber nach. Echsi, du darfst Elias' Reittier nicht fressen! Hörst du, das ist verboten!" „Aus der Traum vom Festschmaus! Das war's!", dachte die Echse enttäuscht. „Na ja, meistens kriege ich ja von Wolke noch ein Häppchen", tröstete sie sich leise. Die hoffnungsvollen Vorstellungen wurden jetzt von Wolke bestätigt: „Du kriegst dann was, wenn wir wissen, wo wir sind." Zu Elias rief sie: „Elias, wo sind wir denn eigentlich?" „Ich weiß das doch nicht, mein Gott!", rief dieser verzweifelt und verrenkte sich gefährlich auf dem steilen Rücken der Giraffe. Gewaltige Angst hatte ihn ergriffen!

Um den Jungen auf die Gefahren aufmerksam zu machen, gab nun Aluna auch noch undefinierbare Laute von sich. „Du meine Güte, du dummes Kind! Ich kann dich doch nicht retten! Bin viel zu ungelenkig", dachte sie und runzelte sorgenvoll die Stirn. „Pass auf, Elias, Aluna kann dich nicht retten!", schrie Wolke den Jungen jetzt an. „Sie muss sich auf das Seil konzentrieren!"

Echsi grinste und verzog sein Maul, was ihn noch ekelerregender wirken ließ. Elias musste sich fast erbrechen. „So ein hässliches Tier!", dachte er, während es in seinem Magen bedenklich rumorte. Die Echse hatte offensichtlich keine Mühe, sich auf dem Seil zu halten. Vielleicht ahnte sie instinktiv, dass sich tief unter ihnen Wasser befinden musste. Das war ihr Element! Mit Sicherheit roch sie es. Wolke blickte unauffällig nach unten und erhaschte dabei einen Blick in die unfassbare Tiefe. „Uiiiiiii! Wie schrecklich, dieses Nichts!", dachte sie für sich, rang nach Luft und kippte in einer unkonzentrierten Sekunde plötzlich kopfüber ins Leere. Während sie fiel, riss sie ihre Augen und ihren Mund auf, war aber unfähig, auch nur einen einzigen Laut von sich zu geben.

„Wooooolkeeee, pass auf!", kreischte Elias, beugte sich nach vorn, kippte – und fiel dabei geradewegs in Wolkes Arme. Diese hatte ihre Fassung noch nicht zurückerlangt und klammerte sich nun ebenfalls fest an den Jungen. „Lass mich nicht los, Elias!", schrie sie nun endlich lauthals ins Nichts.

Eng umschlungen fielen die beiden Kinder in die Tiefe; vorbei an grauen Wolken, singenden Vögeln, steigenden Drachen mit bunten Mustern und den höchsten Bäumen der Welt. Alles drehte sich um sie herum und sie fielen weiter und weiter ins Nichts. Wolke und Elias purzelten wie zwei farbige Punkte durch die Luft und wirbelten wie in einem Taifun auf und ab und wieder nach oben. Ein riesiger Tornadowirbel nahm die beiden mit und ließ das Menschenpärchen wie Ballons durch die Luft tanzen!

Da! – Plötzlich flog ein riesiges Tier an ihnen vorbei. Ausgestreckte lange, dürre Beine, ein ellenlanger Hals und ein Fell wie ein Teppich segelten zu Boden. Dann kam da noch etwas Grünes, Langes und platschte geradewegs auf die gelb gefleckte Fläche. Den Rachen weit offen; ein unglaubliches Staunen über das Geschehene breitete sich auf Echsis hässlichem Gesicht aus. Aluna wieherte, weil sie Angst hatte, die Zähne des Schuppentiers würden sich beim Aufprall geradewegs in ihre Flanken bohren. Aber Echsi wollte das nicht – nicht in das Reittier von Elias beißen! Auf keinen Fall! Die Echse ruderte wie wild mit den kurzen Beinen und konnte so das Schlimmste abwenden. Mit einem Knall landete das lange Tier direkt neben Aluna, die ausgestreckt auf dem Boden lag. „Verletzt?", fragte Echsi. „Nö, nur etwas benommen", antwortete Aluna sichtlich erleichtert. „Wo sind Wolke und Elias?", nestelte sie dann nervös und zog ihre langen Stelzen an den Körper. Das würde wohl etwas dauern, bis sie wieder aufrecht stand.

Nachdem sie sich etwas von dem seltsamen Sturz erholt hatten, machten sich Echsi und Aluna auf die Suche nach den beiden Verschollenen. „Meinst du, dass die weit abgetrieben wurden?", erkundigte sich Echsi sabbernd. Jetzt hatte sie echt Hunger und musste sich zurückhalten, um nicht ein Stück aus Aluna herauszubeißen. „Ich weiß nicht", meinte diese und wich erschrocken ein wenig zurück. Es war Zeit, sich einmal ein bisschen in dieser Wildnis umzuschauen. Überall um sie herum wucherten Pflanzen und Moose. Keine Wege und Pfade waren auszumachen. Sie riefen die Namen der Kinder und suchten alles ab. Sie liefen bis zum nah gelegenen Wald. „Hier werden wir sie niemals finden, Echsi." Aluna war traurig. Sie vermisste die kleine, kräftige Gestalt, die auf ihrem Rücken gesessen hatte. Sie fühlte sich allein und missmutig. Echsi war in dieser Hinsicht etwas abgehärteter und nicht gerade feinfühlig, denn im Moment hatte er ganz andere Sorgen. Sein leerer Magen tobte wie wild!

„Wir ruhen hier und verhalten uns still. Wer weiß, was hier noch alles herumlungert", kommandierte Echsi, während er sich umschaute. „Ja, gut, du hast ja recht, Echsi." Aluna schloss die Augen und versuchte, im Stehen zu schlafen. Sie hatte keine Lust, das ganze Prozedere mit dem Aufstehen nochmals durchzumachen. Breitbeinig stand sie da und hoffte, dass ihre Müdigkeit sie ins Reich der Träume befördern würde. Nach einigen Minuten übermannten sie dann doch die Ereignisse des ganzen Tages und sie fiel in einen tiefen Schlaf. Echsi hingegen öffnete seinen Kiefer und gähnte, indem er eine grausige Reihe gelber, spitzer

Zähne und einen gewaltigen Rachen zeigte. Dann klappte er ihn zu und schlief binnen Sekunden ein.

Grillen zirpten, Nachteulen und Wölfe heulten und dazwischen war ein gotterbärmliches Schnarchen und ein tiefes Wiehern zu vernehmen. Das Rascheln des trockenen Grases hörte wohl niemand mehr …

Kapitel 2

Gefährliche Hürden

Das nasse Stupsnäschen schnüffelte an diesem komischen Stück, das da auf dem Boden lag. Das Ding wand sich wie eine Schlange durch das Gras. Es sah aus wie der wundervolle, helle Zopf seiner Freundin, nur etwas dicker und fester. Grummel hatte hier noch nie zuvor einen solchen Geruch wahrgenommen. Es roch nach, na ja, nach was denn? Er überlegte, hob seine Nase nochmals hoch und versuchte, es zu definieren: Es roch nach, nach Meer! Das Stacheltier war sich jetzt ganz sicher. Bei einem Ausflug mit Resa hatte er das Salzige und den Algengeruch schon in seiner Nase gespürt. Und der Sand roch irgendwie auch wie Stein. Was er einmal mit seinem ausgeprägten Geruchsinn wahrgenommen hatte, konnte er in einer Million Jahre nicht mehr vergessen! Soviel war sicher. Grummel wollte sichergehen und verfolgte neugierig die Spur des sich schlängelnden Wesens. Sie führte direkt in den Wald. Nun, Resa musste halt etwas Geduld mit dem Essen haben, denn Grummel hatte jetzt Wichtigeres zu tun. Schließlich war er eine Art Wald- und Wiesen-Polizist. Die Mission hatte jetzt Vorrang! Außerdem hörte er komische Geräusche in der nahen Umgebung. Das war sehr verdächtig! Vorsichtig und so leise wie möglich schlich der kleine Igel dem Ding nach und schlüpfte leichten Fußes in den dichten Wald. Schwupps! Verschwunden war er!

Inzwischen brach der neue Tag an und die Vögel hatten begonnen zu zwitschern. Im hohen Gras wurden gerade ganze Büschel Halme geteilt und Aluna streckte ihre lange, wendige Zunge danach aus. Genüsslich kaute sie und schien sich an den Köstlichkeiten sehr zu erfreuen. Hinter ihr stand Echsi und musterte die Giraffe mit sabberndem Maul. Seine kleinen Augen kullerten fast aus den Höhlen, denn Echsis Magen knurrte jetzt so laut, dass dieser sogar seinem nächtlichen Schnarchen Konkurrenz machte. „Mir scheint, hier gibt's nur für Grasfresser Frühstück", maulte er und fletschte die Echsenzähne. „Ach komm, Echsi, nimm dir doch ein paar Würmer, die schmecken echt gut!", wollte Aluna den grünen, gruseligen Kerl beruhigen. „Du musst nur mit deinen festen, großen Krallen etwas Erde aufgraben und dann dein Maul aufreißen und … na ja, etwas Erde wird dann halt auch drin sein. Aber da sind bestimmt viele Mineralien drin." Aluna kaute zwischendurch und spukte einen pieksenden Halm aus. Ihre Ausführungen hatte sie hiermit beendet. Echsi befolgte den Rat der Langhalsigen und bohrte seine spitzen Krallen in die Erde. Es „wurmte" ihn ein wenig! Tatsächlich hatte er zum Schluss ein paar fette Würmer im Rachen. Aber eben auch braune, stinkige Erde. Tja, man konnte eben nicht alles haben!

Die beiden vom Himmel gefallenen Tiere waren einigermaßen satt, ausgeschlafen und voller Tatendrang. „Wir schauen uns hier mal um, was meinst du, Aluna?" Echsi zeigte mit seinem rechten Vorderbein in Richtung Wald. Aluna nickte und schickte sich an, ihre hohen Stelzen in Position zu bringen. „Okay, wir gehen da lang, Echsi", bestimmte sie die Route. „Wer zuerst am Waldrand ist, hat gewonnen! Und den Preis kriegt derjenige dann, wenn wir wieder zu Hause sind", rief sie voller Elan. „Ja, wenn wir Wolke und Elias gefunden haben", fügte Echsi kaum hörbar hinzu.

Jetzt rannten eine ausgewachsene, gefleckte Giraffe und eine überlebensgroße Echse um die Wette über die trockene Graslandschaft bis zum dichten Wald. Im Übereifer hatte aber keiner der beiden das lange, dick geflochtene Seil, das sich auch bis zum Wald schlängelte, bemerkt. Sie rannten wie um ihr Leben; denn jeder wollte gewinnen und den unsichtbaren Preis abräumen. Die Landschaft um sie herum war nur noch schemenhaft zu sehen und der Boden bebte, als sie wie Gejagte über das vom Himmel gefallene Seil donnerten. Ja, eine Giraffe und eine

Riesenechse konnten sehr schnell rennen und einen ziemlichen Lärm verursachen!

Grummel drehte sich erschrocken um. Was war das für ein Donnern da draußen vor dem Wald?! Vielleicht ein Erdbeben? Grummel grummelte vor sich hin und malte sich schon aus, wie die Erde sich spalten würde und er auf der einen und Resa auf der anderen Seite für immer getrennt werden würden. Nicht auszudenken! Resa, sein geliebtes kleines, blondes Wildschweinchen. Im Gedanken seiner Panik sah Grummel nur den langen Zopf des quirligen Tierchens herumwirbeln und ein kleines Schnäuzchen angstvoll quietschen. Das war das Ende! Du meine Güte! Nichts nützte jetzt noch was, weder, dass er, Grummel, eine gute Nase hatte, noch, dass er ein Polizeispezialist war! Schrecklich war das!

Zuerst dieses lange Ding vor dem Wald, das so gewaltig stank und jetzt das! Unglaublich! Wer wagte es, seine Idylle zu stören?! „Na warte!", drohte Grummel und stellte seine Stacheln auf Vollmast. Aus seinen Nasenlöchern dampfte es, während seine kleinen Vorderbeine wild in der Erde scharrten. Aufmerksam verharrte er so und war bereit, dem Feind die Zähne und Stacheln zu zeigen und, wenn nötig, auch fühlen zu lassen!

Aluna flog geradezu über die Breschen und ließ die Echse weit zurück. Echsi hingegen aber war sowas von wütend! Das fehlte gerade noch! Zuerst „nur" Würmer zum Frühstück und jetzt auch noch eine klägliche Niederlage. Das ging zu weit! Er verlangsamte nun seinen Sprint und starrte derweil beschämt zu Boden. „Soll sie doch gewinnen, diese langbeinige und -halsige Stelze!", grämte er schnaubend. Als er so gesenkten Hauptes vor sich hin trampelte, bemerkte er plötzlich das Seil. „Haaaaalt, Alunaaaa!", schrie er in Richtung Wald.

Grummel vernahm ein schrilles „Haaaaalt, Alunaaaa!" und grunzte im selben Moment. Uiuiuiui, was war da denn los? Er zog seine Stacheln ein, machte in Richtung Feld kehrt. Er gab immer noch Acht und rannte, so schnell er konnte, zur Lichtung. Er musste nur schön seiner empfindlichen Nase nach.

Aluna bremste sich aus, weil sie doch Echsi nach ihr rufen gehört hatte. „Was ist denn? Geht es dir gut, Echsi?", Aluna klang echt besorgt. „Ja, du kannst langsam gehen, sabberst ja mit deinem ganzen Schweiß alles voll", meinte Echsi grinsend und sah mit diesen spitzen Zähnen furchterregend aus. Aluna beruhigte sich und ging langsam auf die Echse zu. Für Fremde war diese gar nicht so einfach zu entdecken, so grün wie der Boden war sie. Erst als Aluna neben Echsi stand, erblickte die Giraffe nun ebenfalls das Seil, auf dem sie beide balanciert waren und das ebenfalls vom Himmel gefallen war. „O Echsi, da ist ja ein Stück von dem Seil, auf dem wir gelaufen sind!", rief sie voller Freude. „Vielleicht finden wir endlich Wolke und Elias!" Während sie Aluna ansah, erkannte Echsi erst jetzt, dass auch Aluna riesengroße Zähne hatte. Diese hatte ihr Maul mit den samtenen Lippen zu einem Zahnpasta-Lachen geformt. Die beiden unterbrochenen Rennläufer vergaßen binnen Sekunden, dass sie sich ja mitten in einer Wette befunden hatten. Sie rätselten nun über den Verbleib der beiden verschollenen Kinder.

Während der hitzigen Diskussion der beiden Tiere rannte mit einem Mal ein Wesen quer über das Feld auf diese zu. Wutentbrannt, voller Stacheln und mindestens 60 Kilometer pro Stunde auf dem Tachometer …

Kapitel 3

Eine unerwartete Begegnung

„Haaalt, stopp!", rief die Echse ganz aufgebracht und legte sich quer über die Rennbahn, noch bevor der rasende Igel sie und Aluna erreicht hatte. Abrupt unterbrach der Stachelknäuel seinen Lauf, wobei er fast auf seine kleine Schnüffelnase fiel. Grummel war höchst ungehalten über diese freche Unterbrechung. „Was fällt dir ein!", brüllte er das grüne Ungeheuer empört an. Doch als er sich bewusst wurde, wie gefährlich dieses Vieh tatsächlich aussah – geschweige ihm werden könnte – riss er sich zusammen und wich ein paar Sätze zurück. Sich in Sicherheit zu bringen, war jetzt wohl das Beste. Grummel begann zu zittern und seine Stacheln richteten sich automatisch auf – als Vorbeugung zum Selbstschutz –; er war ja offensichtlich doch etwas von kleinerer Gestalt. Dieses schuppenartige Reptil mit den grauslichen Zähnen hätte ihn leicht als Vorspeise verschlingen können. Was die Echse aber eben nicht tat.

Echsi starrte erstaunt auf die feixende Person, die wie wild um sich schlug. „Jetzt gib doch Ruhe, du Rotztier!", grunzte er zwischen seinen Zähnen durch. „Was machst du hier denn überhaupt?", wollte er wissen und musterte Grummel argwöhnisch. Doch bevor dieser etwas von sich geben konnte, kam ein riesiges, geflecktes Etwas auf vier stelzigen Beinen auf ihn und seinen vermeintlichen Peiniger zu. Grummels Herz pochte wie wild. Auch dieser Geselle hier hätte ihn mit einem Hufschlag niedermachen können. Aluna bückte sich, legte fast zärtlich ihren mächtigen Kopf auf den Boden, schlug ihre braunen Kulleraugen auf und zu und schnüffelte neugierig an dem stacheligen Gesellen. „Ich bin Aluna, wer bist du?", fragte sie ganz leise, um den offensichtlich verängstigten Kerl nicht noch mehr aufzuregen. „M–m–m–

mein Name ist Grummel und ich bin hier, weil ich hier der Polizeispezialist bin. Ich habe dieses Stück, das Ding da, gefunden und mir gedacht, ich will dem mal nachgehen und herausfinden, was es damit auf sich hat. Wie es hier hingekommen ist und …", stammelte der Igel und zeigte auf das Seil. „Stopp und halt!", unterbrach ihn die Echse erneut. „Nun mal langsam! Also ich bin Echsi und die lange Stelze da, die mit den Flecken auf dem Fell, ist Aluna", erklärte Echsi. „Ja, ich bin Aluna", nickte die Giraffe und vergrub ihre Nase im Gras.

„Also warum seid ihr denn hier?", wollte Grummel wissen; denn schließlich war er ja so etwas wie ein Detektiv und es war seine tägliche Arbeit, zu schnüffeln. Echsi mochte das eigentlich nicht so, wenn er so ausgefragt und ausgequetscht wurde. Doch der Kleine hatte etwas Rührendes an sich und so überlegte er, wie er ihm die Situation erklären konnte. Aluna aber war schneller: „Wir sind hier gelandet. Das ist ein Stück Seil, auf dem wir balanciert sind. Aber wir hatten noch zwei Reiter auf unseren Rücken. Doch die beiden sind zuerst runtergefallen und jetzt suchen wir sie. Sie sind verschollen." Kurz und bündig. Und es war äußerst seltsam, dass die beiden Kinder nicht auch hier gelandet waren. „Wir suchen sie bereits eine Weile", vervollständigte Echsi die Geschichte. Grummel verstand nicht ganz und konnte sich beim besten Willen keinen Reim darauf machen: „Sagt mal, ihr beiden, warum seid ihr denn abgestürzt? Warum seid ihr überhaupt balanciert und dann noch auf so einem stinkenden Seil?" Tja, das konnten weder die Giraffe noch das grüne Ledertier so richtig erklären und schauten sich fragend an. Beide hoben wie auf Kommando gleichzeitig ihre Schultern hoch und senkten ihre Blicke. „Wir sind doch nur die Lasttiere und wir kommen aus dem Zoo", meinte Aluna leise, während ihr die grüne Echse verlegen zustimmte. „Ja, so ist das", seufzte Echsi.

„Wir müssen unbedingt etwas unternehmen; lange ist es hier nicht mehr hell. Es ist Herbst und die Tage werden kürzer. Wenn wir die beiden finden wollen, müssen wir jetzt handeln." Grummel grunzte und trat wichtigtuerisch ein Trippelschrittchen hervor. „Kannst du uns denn helfen?", wollte Aluna wissen. Wieder grunzte Grummel und sagte mit klarer Stimme und geschwelltem Igelbrüstchen: „Sicher! Es ist meine Pflicht, denn ich bin Wald- und Wiesenpolizist. Punkt und aus die Maus!" Augenblicklich stand Aluna stramm auf ihren dünnen Beinen und Echsi versuchte, seinen langen Körper in Position zu bringen. Stramm und startbereit stand er da.

Eine Weile berieten sich die drei Tiere, sortierten Gedanken und rätselten, wo sie denn nun ihre Suche beginnen und wie sie dabei vorgehen sollten. Sie merkten bald, dass es höchste Eisenbahn war, die Sache anzugehen. Grummel schlug vor, an der Spitze zu gehen, da er sich in dieser Gegend am besten auskannte. Dann sollte Aluna in der Mitte sein, weil sie – dank ihrer Höhe – einen guten Ausblick hatte und jederzeit verdächtige Vorkommnisse melden könnte. Und zu guter Letzt sollte Echsi den Zug am Ende der Schlange schützen. Und außerdem hatte er die fürchterlichsten Zähne von allen. Er setzte noch einen drauf und Spucke sabberte aus seinen Lefzen. Die drei Abenteurer hatten beschlossen, dem Pfad, in dessen Richtung das Ende des Seils zeigte, zu folgen. Sie marschierten schnellen Schrittes – und Trabes – in den dichten, dürren Wald. Die Bäume standen da kahl und eng beieinander. „Sagt mal, wie heißen die beiden Kinder eigentlich?", erkundigte sich Grummel. „Wolke und Elias", antworteten Echsi und Aluna im Chor. „Aha, das ist ja ein lustiger Mädchenname; wundert mich nicht, dass die vom Himmel gefallen sind", stellte Grummel nicht ohne ein Lächeln fest. In einer Mission, die mit seinen Fähigkeiten verbunden war, zeigte er immer Eifer und war gut gelaunt. „Wenn es euch nichts ausmacht, würde ich gerne noch zu meinem Bau. Ich kann euch dann meine Freundin Resa vorstellen. Ich glaube, sie würde sich freuen, euch kennenzulernen. Sie ist sehr abenteuerlustig und etwas, na ja – eine verrückte kleine Sau." Dieses Mal lachte Grummel herzhaft. Aluna machte große Augen und Echsi, der ja sowieso immer ein hämisches Lächeln im Gesicht hatte, kicherte. „Die schmeckt sicher lecker", dachte er bei sich und bemühte sich, eine unschuldige Miene zu machen. Das Trio stampfte durch den feuchten, bemoosten Waldboden und suchte nach Spuren von Menschenfüßen. Grummel schnüffelte ab und zu und Aluna spähte, indem sie ihren langen Hals durch die Bäume in die Lichtungen hielt. Ab und zu blieben sie stehen und Echsi scharrte in der Erde. Er hatte seinen Magen wieder mit etwas Ameisen und Gewürm gefüllt. So ließ es sich leben. Auch Grummel mochte diese und war froh, dass die „bebeinte Schlange" so freigiebig war. Aluna indessen labte sich an den hohen Bäumen mit feinen, saftigen Blättern.

„Ist es noch weit bis zu deinem Haus?", wollte Echsi kauend wissen. „Nö, wenn wir aus diesem dichten Wald raus sind, sind es nur noch ein paar Schritte", erklärte Grummel. Insgeheim aber wunderte er sich immer mehr, warum sie noch keine Spur von den beiden verlorenen Kindern gefunden hatten. Es war doch wirklich höchste Zeit. Als ob sie gerade Grummels Gedanken gelesen hätte, meinte Aluna: „Schon etwas merkwürdig, dass wir ‚nur' das Stück Seil gefunden haben, sozusagen das Ende davon, aber keine Wolke und keinen Elias." Echsi blieb stumm. Er vermisste sein Wölkchen sehr. Sie war doch eigentlich eine liebe kleine Person. Jetzt putzte er mit seinen Krallen verstohlen eine Krokodilsträne weg. Aluna blickte zu ihm hinunter und tröstete ihn unbeholfen: „Ach Echsi, wir werden sie schon finden!" Grummel indessen rannte behände zum Waldrand und war plötzlich verschwunden! „Grummel, so warte doch!", riefen die beiden Begleiter gleichzeitig. Auch sie nahmen ihre Beine in die Hand und rannten Grummel hinterher.

Aus dem Wald geschlüpft standen sie augenblicklich vor einem großen grünen Feld, das mit ein paar Hügeln versehen war – offensichtlich Igelbauten. Na ja, es handelte sich hierbei um eine ganze Wohnsiedlung. Hier musste Grummel mit seiner Resa hausen. Kaum gedacht wurden die beiden Neuankömmlinge äußerst stürmisch von einem kleinen rosa Schwein begrüßt! Resa war wirklich so, wie Grummel sie beschrieben hatte. Etwas verrückt mit ihrem blonden, langen Zopf, der lustig um ihr pausbäckiges Gesicht tanzte. Sie quietschte vergnügt und konnte nicht aufhören, die Besucher mit ihrem Schnäuzchen abzuschmatzen. Grummel hatte nicht zu viel versprochen. Dieser kam nun auch ganz aus sich heraus und klatschte mit seinen patschigen Händchen zu Resas Freudentanz. Die Aufregung und Überschwänglichkeit waren riesengroß! Auch viele weitere Bewohner trafen nun einer nach dem anderen ein und drehten ihren Reigen zum freudigen Wiedersehen.

Keiner der Anwesenden aber sah, wie sich die Zweige am Waldrand bewegten und ein schwarzes Augenpaar die Szene aufmerksam beobachtete …

Kapitel 4

Ein böser Geselle

Er hob seine dicke Hand, die jedermann als grobschlächtige Pranke bezeichnen würde und kratzte sich seine Bartstoppeln. Die fettigen, struppigen Haare standen ihm vom überproportional großen Kopf ab. Die wulstigen Lippen öffneten sich zu einem breiten Grinsen und gaben eine Zahnreihe, die an eine Ruine erinnerte, frei. In Wanzor Schimmelgurks Brust schlug ein schwarzes Herz voller Hass. Woher er dieses Erbe hatte, wusste nur er selbst. Einige munkelten, dass sein Vater der Teufel und seine Mutter eine böse Hexe war. Wanzor interessierte es nicht im Geringsten. Denn sein Hirn arbeitete fleißig an hinterhältigen Strategien, wie er alles, was ihm im Weg war, beseitigen oder sich zunutze machen konnte. Streit und Krieg waren sein Ding. Da schlug ihn keiner! Wer es aber wagte, sich ihm in den Weg zu stellen, den brachte er um die Ecke. Auch wenn es nur einen Verdacht gab, der ihm zu Ohren gekommen war, machte er seinen Feind kalt. Seine Trophäen hingen in seinem finsteren Erdpalast, wo er all seine erledigten Widersacher ausgestopft an die Wand genagelt hatte. Es freute den alten Troll unglaublich, wenn er all seine grässlichen, bösartigen Taten so präsent vor sich hatte.

Wanzor Schimmelgurk arbeitete ausschließlich alleine, denn seiner Meinung nach war es nicht optimal, wenn irgendjemand in seinem Umfeld zu viel über seine Taten wusste. Das machte den Kerl umso gefährlicher. Er arbeitete unbemerkt, leise und äußerst hinterhältig. Niemand wusste genau, wann er zuschlagen würde, denn seine Stärke waren seine schwarzen, stechenden Augen. Diese waren gefürchtet im ganzen Zauberland. Im Erdpalast, im Wald und auf den grünen Wiesen. Der Teufel hatte ihm nur die pure Bosheit gegeben. Erbarmen und Güte waren im Erdpalast fehl am Platz. Einige Bewohner des Zauberlandes meinten, auch schon miterlebt zu haben, wie das grausige Monster vor ihren Augen ein Opfer mit nur einem einzigen Blick getötet hatte. Niemand wagte es, sich dem Schimmelgurk zu stellen und ging ihm, wenn möglich, aus den bösen Augen. Es schien für alle gesünder so!

Hinter dem Dickicht des Waldes beobachtete nun dieses Augenpaar die fröhliche Runde auf dem Feld. Ausgelassenheit und Fröhlichkeit hasste Wanzor Schimmelgurk abgrundtief. Er beobachtete, wie eine riesige Gestalt sich tanzend und rhythmisch mit einer schönen, langen Echse mit bösem Grinsen bewegte. Diese war ja ganz toll! Wanzor war begeistert. Doch das hohe komische Tier mit den Flecken und den Stelzenbeinen war gar nicht nach seinem Geschmack. Den Igel kannte er und die kleine, knusprige Sau war nur für den Spieß gut. Der Troll rollte seine Augen und dachte an feine Braten und schöne, warme Fellschuhe. Er gab grunzende Laute von sich: „Görps, bhhhh, buhhh!" Er konnte leider nicht sprechen. Nicht, weil er das nicht wollte, sondern weil irgendetwas mit seiner Zunge nicht stimmte. Er tröstete sich damit, dass es ja nicht immer so war. Hier im Zauberland konnte er nur in seinen Gedanken sprechen. Die unfertigen Laute, die aus seinem unförmigen Mund kamen, konnte kein gütiges Wesen verstehen.

Die letzten Tage waren sehr aufregend gewesen. Beim Gedanken daran nestelte er etwas nervös an seiner grässlichen, schrumpeligen Gurgel, die voll mit Warzen versehen war. Er erinnerte sich dumpf an seine dunklen Geschäfte und an die wirren Träume, die ihn ständig heimsuchten. Das verursachte ihm einige Schweißperlen, die jetzt auf der zerfurchten Stirn austraten. „Grrr, grr, chzzz, rgggh", ächzte er vor sich hin und wurde dann plötzlich still. Er hatte etwas bemerkt, das nicht hierher passte! Auf seinen Instinkt konnte er sich verlassen. Donnernd sprang der Troll zum bemoosten großen Steinbrocken, der auf einem kleinen Hügel stand und in den grauen Himmel emporragte. Dort lag ein Kind:

Die Hosenbeine aufgerissen und sein kariertes Hemd ebenfalls zerfetzt. Die braunen Haare waren wild zerzaust und die linke Wange ziemlich heftig aufgeschürft. Es schien zu schlafen, denn nur anhand des Senkens seiner Brust konnte Wanzor erkennen, dass das Kind noch lebte. Und es musste einen Sturz aus großer Höhe überlebt haben. Wer weiß, was da alles gebrochen war! Wanzor versuchte, seinen lauten Atem zu drosseln. „Psst!", ermahnte er sich und führte seine große Zeigefinger-Kralle an seine dicken Lippen.

Während er das Kind so musterte, hörte er plötzlich ein leises Schluchzen. „Hmmm, hmmm, hmmm", klang es ängstlich vom Felsbrocken herüber. Sofort drehte sich der wuchtige Troll und formte seine Augen zu engen Schlitzen. Wo genau kam das her? Aha, von dort drüben! Ein anderes Kind kauerte verschreckt hinter dem kalten Gestein und konnte sich kaum halten, so sehr zitterte es. Schimmelgurk war jetzt sehr erstaunt! Es handelte sich hier um eine ganz andere Ausgabe des zuvor entdeckten Menschen. Dieser hier hatte blondes, krauses Haar, das ihm wild in die rote Stirn fiel. Die blauen Augen waren riesengroß und ganze Bäche von Wasser liefen ihm übers Gesicht. Schimmelgurk war sich sicher, dass es sich hier um Tränen der Angst handelte. Das bleiche Gesicht war mit Tausenden von Punkten übersät. So etwas Hässliches hatte er noch nie gesehen! Das dürre Ding da missfiel ihm! Er vermutete, dass dieses Kind, ein Mädchen, ebenfalls vom Himmel gefallen war und etwas kräftigerer Natur sein musste. Das getupfte Menschenkind war ziemlich erschrocken, als es den grauslichen Gesellen erblickte, und versuchte, sich hinter seinen zwei mageren Armen zu verstecken.

In der Igelsiedlung waren nun die letzten Lichter gelöscht worden. Grummel und Resa hatten sich zur Nachtruhe in ihren Bau zurückgezogen. Etwas benommen von der rauschenden Party saßen Echsi und Aluna am Lagerfeuer, das sich nun langsam mit wenig Glut auch vom Tag verabschieden wollte. „Die Glut ist bald aus, Aluna. Dann werden wir kein Licht mehr haben. Wir werden heute keine Wolke und keinen Elias mehr finden", seufzte Echsi. „Ach ja, lass gut sein, Echsi", meinte Aluna und hatte Mühe, ihre Augen offen zu halten. „Ich mag sowieso nicht mehr. Die vielen Blätter drücken mir auf den Magen und ich bin total aufm Hund. Lass uns schlafen. Morgen ist auch noch ein Tag." „Ist gut, Aluna. Schlaf gut", murmelte Echsi und war kurze Zeit später eingeschlafen. Sein Schnarchen war unüberhörbar. „Tja, dann schlaf mal gut." Nun war es auch Aluna zu viel, denn ihre Augenlider waren ebenfalls hinuntergefallen.

Mit dicken Blättern hatte Wanzor den beiden Kindern je eine Binde um ihre Münder gelegt. Sie sollten in Teufels Namen bloß Ruhe geben. Aber die beiden gaben keinen Ton von sich, zu müde und geschunden, um zu protestieren, waren sie. Außerdem saß ihnen die blanke Angst im Nacken, denn sie wussten instinktiv, dass dieses Ungeheuer hier nur der Teufel sein konnte. Lieber schwiegen sie und machten alles, was er verlangte. Er tat still, was er zu tun gedacht hatte und buckelte die beiden Gefangenen auf seinen breiten, behaarten Rücken. Dann lief er los.

Vom Feld her sah ein Wachgebliebener das Böse in Form einer üblen Gestalt, die sich gerade durch den dichten Wald davonmachte. Resa, die ganz rasch noch die Umgebung vor ihrem Bau überprüfte, schüttelte ihren blonden Zopf und dachte bei sich: „Da hat doch tatsächlich noch einer das Bedürfnis, einen Nachtspaziergang zu machen und seinen Müll zu entsorgen. Sachen gibt's!" Sie löschte die Laternen, schloss die Tür hinter sich, legte sich zu Grummel ins Heubett und überlegte während des Einschlafens gar nicht mehr.

Nur der raue Wind in den Wipfeln der Bäume und die Schatten der Nacht, die vom Mond beschienen wurden, kannten das Geheimnis der beiden verschollenen Kindern, die auf einem Seil balanciert und vom Himmel gefallen waren …

Kapitel 5

Die andere Welt

Jadoo (Zauber) und Della saßen in der Küche am großen Tisch. Della hatte sich eine Kerze angezündet, denn sie beruhigte sich stets, wenn sie in die Flammen sah. Tränen der Angst und Verzweiflung füllten ihre blauen Augen und in ihrem Herz stachen die Schmerzen wie mit spitzen Messern in den pulsierenden Muskel. In ihrem Hirn herrschte Chaos, weswegen ihr Kopf fast zu platzen drohte. Jadoo kannte die rasenden Kopfschmerzen seiner Frau. Er stand auf, nahm sich ein Glas und füllte es mit kaltem Wasser. Dann ging er zum Apothekerkästchen und holte eine Packung Kopfschmerztabletten heraus. Beides stellte er vor Della auf den Tisch. „Nimm grad zwei, dann geht es dir bald etwas besser", drängte er sie sanft. Della tat, was er ihr geheißen hatte, und trank das Glas Wasser in einem Zug, wobei sie gleich die zwei Tabletten auf einmal hinunterschluckte. Bald würden die Medikamente wirken.

Es war ein sonniger Nachmittag im Spätsommer; bald war es Herbst und es würde schneller dunkel werden. Jadoo machte sich große Sorgen. „Was meinst du, wann kommen sie zurück? Hast du Elias Eltern Bescheid gegeben?", fragte er Della. „Aber natürlich wissen sie es. Tanja und Christian sind ja auch total durch den Wind!", antwortete Della matt. Jadoo versuchte die ganze Situation nochmals Schritt für Schritt durchzugehen: „Also, Wolke hatte sich heute Morgen mit Elias zum Spielen verabredet. Das war doch zum Spielen, oder? Oder wollten die beiden ins Kino oder was sonst?" Della wusste es nicht so genau und meinte: „Na ja, du weißt ja, wie Kinder sind! Da gibt's mal die Idee und dann wieder eine bessere. Außerdem hat Wolke diesen Tag ‚handyfrei', du weißt, zwei Tage mit und dann einen ohne … Ausgerechnet heute hatte sie es zu Hause liegenlassen müssen. Ein Anruf kommt also überhaupt nicht infrage, nützt ja nichts!" „Wann kommen Tanja und Christian? Hast du sie gefragt, ob sie Näheres wüssten?" warf Jadoo ein. „Sie sollten in ein paar Minuten eintreffen", entgegnete Della hoffnungsvoller. Die Mittel wirkten langsam und halfen, dass sie wieder etwas klarer denken konnte.

„Sie sind sicher nicht ins Kino; dazu ist heute den ganzen Tag über zu schönes Wetter gewesen", sinnierte Della laut. Ihr Herz tat weh. Wolke war doch mit ihren zwölf Jahren überhaupt nicht verantwortungslos. Ihr Charakter war so weitsichtig und mutig. Das wusste Della über ihre Tochter. Irgendwie hatte sie ihr den richtigen Namen gegeben. Wolkes Mutter fuhr sich durchs Haar und war froh, dass die stechenden Kopfschmerzen jetzt einem dumpfen Pochen gewichen waren. Es klingelte und die laute Türglocke riss Jadoo und Della aus ihren trüben Gedanken. Tanja und Christian standen ratlos im Eingang. „Kommt doch rein, wir können drinnen bei einem Tee alles besprechen", forderte Jadoo die beiden auf, sich an den Tisch, der in der geräumigen Wohnküche stand, zu setzen. Jetzt diskutierten die beiden Elternpaare, was und wie es hätte passieren können. Wo die Kinder sein könnten und was sie alle weiter zu tun in der Lage wären. „Auf dem Polizeiposten waren wir beide, bevor wir zu euch kamen. Die Beamten tun ihr Möglichstes, um die beiden zu finden. Aber eben, sie sind noch zu wenig lange weg und müssen mindestens 24 Stunden abwarten", erklärte Christian. Seine Frau Tanja schluchzte bei diesen ernüchternden Worten. „Schatz, sie werden auftauchen, ganz bestimmt", versuchte er sie zu beruhigen. Della erhob sich und setzte Wasser für einen Beruhigungstee auf. Sie fühlte sich besser, was in ihrer aller Situation sicher gut war. Genau wie ihre Tochter Wolke war sie ein mutiger und bedachter Mensch, was sie sich auch für Wolke – wo auch immer diese sich befand – wünschte. Della war sicher, dass sich ihr Mädchen diese Eigenschaften zunutze machen würde. Diese Erkenntnis machte sie etwas zuversichtlicher, was sich auch auf die anderen im Raum übertrug. „Hat Elias vielleicht ein Handy dabei?", fragte sie Tanja ruhig. „Ja! Ich hab bereits versucht, ihn zu erreichen – nichts!", erwiderte diese ganz erschöpft.

Die Vier berieten sich intensiv und kamen, dank einiger Bruchstücke von Einzelwissen, zu mehr Ergebnissen. Die Kinder hatten sich also im Zoo getroffen. Sie wollten sich die Gehege ansehen, denn Wolke hatte im Internet diverse YouTube-Channels angeklickt. Der Zoo war, gelinde ausgedrückt, nicht gerade in einem guten Zustand. Della dämmerte es jetzt! Wolke hatte das Thema ein paar Mal angeschnitten. Ihre Tochter wollte für den Zoo zu Spenden aufrufen, um den „armen" Tieren bessere Lebensumstände zu verschaffen. Das eingenommene Geld sollte dem Zoo übergeben werden. Sozusagen als Start für den Bau besserer und den Auflagen des Tierschutzes entsprechenden Anlagen. Ein riesengroßer Plan, dem Della eigentlich viel zu wenig Beachtung geschenkt hatte. Tanja und Christian griffen sich an die Köpfe! Ja, das hatte Elias auch vielfach erwähnt. „Wir müssen unbedingt in den Zoo", rief Jadoo; „da finden wir eine Spur, die uns vielleicht Aufschluss über den Verbleib der beiden liefert." Die anderen stimmten einhellig zu: „Ja, noch heute Nacht!"

Wolkes Stiefvater Jadoo war froh, dass er aktiv werden konnte, denn dies vertrieb seine schlimmen Gedanken. Er fühlte sich jetzt, trotz der Umstände, etwas besser. „Am besten ist es, wir kleiden uns alle schwarz, damit uns niemand sieht. Dann brechen wir in den Zoo ein. Wir dürfen uns auf gar keinen Fall erwischen lassen!", erklärte er weiter. „Ich bringe ein Seil mit, das ist sicher hilfreich", meinte Christian. Die beiden Frauen nickten und waren froh, endlich etwas tun zu können und nicht mehr hilflos abzuwarten. Della verzog ihr Gesicht, denn leisen Zweifel hatte sie an der nächtlichen Aktion schon. Aber die Polizei würde erst eingreifen, wenn mehr Zeit vergangen sein wird. Das war eindeutig zu spät! Handeln war jetzt angesagt.

Jadoo zerstreute Dellas mulmiges Gefühl mit einer einzigen Aussage: „Ein Seil habe ich in meinem Geräteschuppen. Ich muss nur mal kurz nachschauen." Gesagt, getan! Er verschwand nach draußen und kehrte nach fünf Minuten zurück.

„Es ist nicht mehr da!", schrie er fast und machte ein verdutztes Gesicht. Auch die drei anderen standen wie begossene Pudel da. Della fasste sich und sagte mit fester Stimme: „Das haben sie mitgenommen! Es ist unsere einzige Spur."

Sobald es dunkel war, standen die inzwischen alle in schwarz gekleideten vier Gestalten vor dem hohen Zaun des Zoos. Ringsum war es menschenleer und nur die Geräusche nachtaktiver Tiere waren zu hören. Sehen konnte man im schwach beleuchteten Zoo nicht viel, zu bewachsen von Sträuchern, Büschen und Bäumen war das Gelände. Viele Zoobewohner schliefen auch und die, die wach waren, streiften unbemerkt umher oder waren in Käfigen eingesperrt. „Wir müssen über den Zaun klettern. Hoffentlich gibt es hier keine Alarmanlagen", flüsterte Jadoo. Er war sehr froh, dass sich in Sachen Erneuerung des Zoos in den letzten Jahren nicht viel getan hatte. Della hielt den Daumen hoch und gab so ein Zeichen, dass sie einverstanden war. Tanja und Christian taten das Gleiche. Christian hatte sein eigenes Seil mitgenommen und warf es nun behände über den hohen Zaun. Am Ende hatte er einen guten, stabilen Seemannsknoten gemacht. Dieser dürfte die vier Kletterer, einen nach dem anderen, halten. Er prüfte seinen Wurf, indem er am Seil zog. Es hielt – hoffentlich! Da alle sportlich waren, schafften sie es, sich über den Zaun zu hieven. Die erste Hürde war geschafft!

Wanzor Schimmelgurk gähnte müde, betrachtete seine Beute und grunzte schließlich zufrieden. Die „Himmelsbälger", wie er sie heimlich nannte, waren eingeschlafen. Na ja, er hatte sie ja auch ziemlich erschreckt und sich gewaltig an den angstvollen Gesichtern erfreut. Was für ein Spaß! „So viel Angst riecht doch wirklich gut", dachte er bei sich. Ein paar Dinge musste er vor Tagesanbruch noch erledigen. Zum Beispiel wollte er das spurlos verschwundene Seil, von dem die beiden geschwafelt haben, finden. Seine Augen waren auf Nacht trainiert und die Suche würde ein Leichtes sein. Der Teufel hatte ihn so manches gelehrt. So beschloss er, dahin zurückzukehren, wo er die beiden gefunden hatte. Wenn er Glück hatte, würde er auf den grunzenden Igel mit seiner dicken Schweinefreundin treffen. Und dann auch noch das riesige, fleckige Tier mit der wunderschönen grünen Schlange mit Beinen plagen können. Er freute sich teuflisch, seine schwarze Magie zu verbreiten.

Kapitel 6

Das Tor zum Zauberland

„Aufwachen, aufwachen, ihr müden Gesellen!", rief Grummel laut in Echsis und Alunas Ohren. Diese räkelten sich beide fast zeitgleich und rieben sich – der eine mit den Krallen und die andere mit dem Huf – die Augen. „Uahhh, uhaaahhhh!", stieß Aluna einen Gähnlaut von sich. Sie war ganz schnell auf zack, da sie ja am Abend zuvor im Stehen eingeschlafen war. Echsi hatte da schon etwas mehr Mühe, weil er seinen ganzen, langen Körper, der sehr kalt war, erst langsam bewegen musste. „Guten Morgen, Grummel, wo ist Resa?", fragte er dann seinen kleinen stacheligen „Wecker". „Die ist bereits am Frühstückmachen. Was möchtet ihr essen? Ein Spinnenomelett oder vielleicht etwas gebackene Wurmpastete? Die wäre grad frisch aus dem Moordampf und ist eine Spezialität aus Resas Küche." Echsis Augen strahlten. Das klang ja wunderbar! Aluna hingegen musste sich den Bauch halten, weil sie sich nicht vorstellen konnte, dass so etwas schmecken sollte. „Gibt es bei euch so etwas wie Salat? Ich bin grad etwas auf Diät." „Klaro!", meinte Resa, die gerade mit einem dampfenden Topf mit undefinierbarem Inhalt aufgetaucht war. Echsi war immer noch echt Feuer und Flamme und hielt seinen flachen Kopf geradewegs in Richtung Topf. „Hhhhmmm", meinte er verträumt, „riecht ja so lecker!" Resas rosige Schweinebäckchen leuchteten rot und ihr Zopf wippte vor Freude mit ihrem Herzschlag. Was für eine Wohltat, dieses Kompliment!

Nachdem alle gegessen hatten, berieten die vier Tiere, wie es nun weitergehen sollte. Aluna war, dank der wunderbaren Baumplantage am Ende des Feldes, total auf ihre Kosten gekommen und unterdrückte einen Rülpser. Die Tiere hatten beschlossen, sich in zwei Gruppen einzuteilen. Echsi und Resa sollten zusammen nach Norden durch den Wald laufen und sich dort umschauen. Resa kannte sich hier ebenso gut aus wie Grummel. Dieser wollte Aluna begleiten. Sie beide würden sich eher an den südlichen Teil des Waldes wagen. „Wir haben ja jetzt den ganzen Tag Zeit, aber denkt daran, dass, je länger wir warten, umso schwieriger wird ein Auffinden der beiden Kinder sein. Also lasst uns jetzt losmarschieren", riet Grummel, der ja bekanntlich ein ausgefuchster Spürhund war. „Ja!", riefen die drei anderen im Chor. „Noch was: Wir werden uns, wenn wir nicht fündig geworden sind, bei Sonnenuntergang hier wieder treffen. Ich lege zwei Äste ins Kreuz und befestige sie mit etwas Grasschnur. Falls wir uns verpassen, muss jemandem von uns etwas passiert sein. Klar?" Grummel war der Chef! Ja, so würden sie es machen. Sie einigten sich darauf, dass dann jeder jeden suchen sollte – egal, was passierte. So teilten sich die zwei Gruppen, die eine lief nach Norden und die andere verschwand im südlichen Waldteil. Aluna war noch lange zu sehen, weil sie doch so groß war und die Flecken auf ihrem Fell durch die Bäume schienen.

Jadoo, Della, Tanja und Christian schlichen wie unsichtbar durch den Teil des Geheges, in dem es nachts sehr still war. Hier schliefen alle Zoobewohner, die nur tagsüber wach waren. Christian kannte sich, nachdem er in den letzten Stunden die Zoo-Landkarte studiert hatte, etwas aus. Er zeigte mit dem Finger gegen Osten und winkte, um für die anderen sichtbar zu machen, wo es langging. „Hier lang", flüsterte er, „hier geht's zum alten Safari-Gehege. Da ist ein Stall und dort befinden sich allerlei Gerätschaften und ein hoher Heuschober." Die beiden Frauen und Jadoo nickten und folgten Christian. Letzterer kannte sich hier aus, denn als Kind hatte er viele Stunden im Zoo verbracht. Wieder kam ihm in den Sinn, wie er hier mit seinem besten Freund Reto gespielt hatte. Retos Großonkel gehörte der Zoo. So war Jadoo schon sehr früh in den Genuss von Gratiseintritten gekommen.

Die vier Gestalten rannten auf leisen Sohlen zum Stall und kletterten wortlos die Treppe zur obersten Etage des Heuschobers hinauf. Jadoo war das Schlusslicht, denn er wollte nicht, dass irgendjemandem etwas zustieß. Oben angelangt fanden die Eltern eine überdimensional große Seilspule, die brechend voll mit einem Seil aufgerollt war. Das Seil führte zum hinteren Ende des Estrichs bis hin zum offenen Fenster und hing im leeren Nichts. Della wollte einen Schrei ausstoßen, konnte aber dank der erschrockenen Blicke der anderen und dem Halten ihrer Hand vor den Mund, gerade noch das Schlimmste verhindern. Tanja zeigte mit dem Daumen nach oben und war froh, dass immer noch alles so ruhig verlief. Sie wollten ja alle nicht, dass jemand von ihrem nächtlichen Ausflug Wind bekam. Auch Christian machte das Okay-Zeichen. Alles gut! „Jadoo, wir müssen uns hier abseilen, sonst finden wir Wolke und Elias niemals!", flüsterte er jetzt. Dieser nickte. Aber ja doch, das war klar! Es führte sonst keine andere Spur zu den verschollenen Kindern. „Wo geht's hier hin?", fragte Della leise und Tanja antwortete: „Keine Ahnung! Aber lass uns das machen; wir haben keine andere Wahl. Ich will unser Kind zurück." Also wickelte sich Christian zuerst ins Seil, dann folgten die beiden Frauen und am Schluss hangelte sich Jadoo ein. Alle machten sich daran, behände an dem Seil entlang zu gleiten, darauf bedacht, dass alles ganz langsam vonstattenging. Sie wollten um keinen Preis jemanden aufwecken. Außerdem sahen sie unter sich ja gar nichts. Ein unbekanntes Nebelmeer tat sich da auf und führte in absolute Leere. „Das ist also der Durchgang!", dachte Jadoo und erinnerte sich wage an seine Kindheit und an Reto.

Seit einigen Stunden waren Grummel und Aluna jetzt schon unterwegs. Immer wieder blieben sie stehen, Grummel schnupperte den Boden entlang und Aluna hielt in höchster Höhe nach etwas Verdächtigem Ausschau. Sie hatte bis jetzt nicht eine Spur gefunden. „Die Sonne geht bald unter, Aluna. Wir müssen umkehren und zu den Ästen zurück. Sonst glauben Resa und Echsi, etwas Schlimmes sei uns zugestoßen. Der Wald hier wimmelt vor Gefahren. Außerdem möchte ich wissen, was bei Resa und Echsi gelaufen ist", erklärte der Wald- und Wiesenpolizist ohne

Umschweife. Aluna nickte mit ihrem langen Hals. Nichts als das wollte sie mehr auf der Welt. Zurück! „Ja, klar, machen wir", erwiderte sie und hob ihren rechten Huf, um ihrer Zustimmung definitiv Kraft zu verleihen. „Wir nehmen einfach den oberen Waldweg; da waren wir noch nicht … Also, soviel ich weiß und das sehen kann." Grummel nickte, stellte seine Stacheln auf und marschierte los. Plötzlich blieb er so abrupt stehen, dass er nach der Bremsung fast einen Purzelbaum schlug. Aber er hatte sich im Griff! Da vorn, da war doch etwas? Grummel setzte ein Pfötchen nach dem anderen ein und schnüffelte voraus. „Ja, was liegt denn da?", rätselte er. Aluna stelzte dem Stachelpolizist nach und stoppte ebenfalls ihren Gang. Das ging etwas komplizierter, ihre Beine waren ja viel zu lang. „Ach du liebe Zeit!", schrie sie fast. „Das ist ja Wolkes Tüchlein. Sie hatte es um den Hals, als sie im Zoo war. Ich hab noch gedacht, was ist denn das für ein hübsches Tüchlein und hatte es bedauert, keines um meinen Hals tragen zu können. Der ist nämlich viel zu dick dafür. Da bräuchte es ein Riesentuch!" „Also echt, Aluna, du hast vielleicht Probleme!", wetterte Grummel. „Da findet man einen Hinweis für eine Entführung und du denkst an Mode!", ergänzte der Polizist.

Resa war müde, eigentlich fix und fertig, und schnaufte wild. So ein Schweinchen hat kein einfaches Leben! So viel Aufregung tat ihr nicht gut. Seitdem sie von Grummel eines Nachts vom Schlachthof gerettet worden war, genoss sie ihr wohliges Dasein in der Igelsiedlung im Zauberland. Die Reise dorthin hatte sie bereits sehr mitgenommen und nun dies! Was für wilde Zeiten waren das.

Echsi stand neben der kleinen Sau und musste ab und zu wegsehen, damit er nicht vom zarten Fleisch zu träumen begann. „Bist du müde Resa?", fragte er darum fast zärtlich. Diese nickte und gab zu verstehen, augenblicklich zum vereinbarten Treffpunkt zu gehen. „Da drüben ist es. Die gekreuzten Äste liegen vor der nächsten Lichtung, gleich hinter dem Gebüsch", meinte Resa und rannte geradewegs in die gezeigte Richtung. Als beide Tiere beim Gebüsch ankamen, donnerte es unglaublich vom

Himmel her. Die erschrockene Resa duckte sich und kroch unter Echsis langen, grünen Körper. Dieser verschränkte instinktiv seine vier schuppigen Beine, um das kleine Ferkel zusätzlich zu schützen. Eine Ahnung überkam die Echse. „Ohohoho…", rief sie in die unheilschwangere Luft hinaus. „Das kenne ich doch!"

Plötzlich purzelten eins, zwei, drei, vier schwarz gekleidete menschliche Wesen auf die Erde! Na, wenn das nicht ein Zeichen war?! Doch ob es sich um ein Gutes oder Schlechtes handelte, konnte sich Echsi nicht so leicht erklären. Ein Klatschen beendete den Flug und ein langes Seil schlug auf den Waldboden auf und tänzelte noch eine ganze Weile wild um die vier schwarzen Gestalten herum. Dann war es plötzlich in den Wolken verschwunden.

Langsam erholte sich einer nach dem anderen vom Fall und versuchte aufzustehen. Zuerst die zwei Männer und dann eine Frau und dann die andere.

„Wo sind wir?", fragte Jadoo und erkannte plötzlich eine lange, grüne Echse mit dem bösen, grinsenden Maul.

Kapitel 7

Jadoo

Grummel hob die rechte Vorderpfote hoch und hielt sie vor seine Augen. Sie waren gerade eben vom gleißenden Sonnenlicht geblendet. Er spähte zur nahen Baumgruppe, die von kleinen Büschen umsäumt war. „Da drüben sind sie!", schrie er es fast, wohl auch um sich erkenntlich zu machen. Aluna wehte mit dem Tüchlein, um die ganze Aktion noch zu unterstreichen: „Halloooo, wir kommen, wir sind hier!" Dann wandte sie sich an Grummel und meinte ganz erstaunt: „Du, die sind nicht alleine da, es sind noch ein paar Leute mehr. Wer das wohl ist? Was machen die da?" Sie zitterte am ganzen Leib, weil sie schon die schlimmsten Befürchtungen von wegen Mord- und Totschlag vorausahnte. „Ach was!", warf Grummel gehässig ein und beschleunigte seine Schritte, um so rasch wie möglich zu sehen, was da vor sich ging. Die Giraffe stakste mit großen Schritten und gesenktem Hals hinter dem Igel her.

Tatsächlich fanden die beiden noch vor verabredeter Zeit eine kleine Truppe vor. Resa, Echsi, zwei Männer und zwei Frauen – ganz merkwürdig in Schwarz gekleidet – standen ratlos herum und berieten sich. „Ahhh, da sind sie ja!", rief Resa hocherfreut. „Darf ich vorstellen: Das ist Grummel, der Waldpolizist, und das da ist Aluna, die Giraffe vom Zoo. Sie ist mit den Kindern und Echsi auf dem Seil balanciert und vom Himmel gefallen", fügte sie zusammengefasst zur Situation hinzu. „Und ich bin Jadoo und das da ist meine Frau Della; und sie ist Wolkes Mama", meinte der dunkelhäutige, schwarzhaarige Mann. „Ja, und ich bin Christian und das ist Tanja; wir sind Elias' Eltern", meinte der große, blonde Mann und verbeugte sich andeutungsweise. Tanja schluchzte, als sie den Namen ihres Sohnes hörte. Alle begrüßten sich respektvoll und waren sich einig, nun einen Plan für das weitere Vorgehen zu entwerfen. Die Männer konnten das richtig gut. Auch Grummel – das muss man schon sagen – war ein findiger, ausgeschlafener kleiner Igel mit wunderbaren Ideen. Und er kannte das Gebiet hier in und auswendig, was ein echter Vorteil war. Da eine Teilung der Gruppe zuvor nichts gebracht hatte und die Gegend hier viele Gefahren barg, beschlossen sie, beisammenzubleiben. Jeder konnte so dem anderen helfen. Entschlossen, Wolke und Elias zu finden, marschierten sie hintereinander los. Wo genau die Reise sie hinführte, wussten sie nicht.

Jadoo hatte die Führung an der Spitze übernommen. Er besaß einen guten Spürsinn und war außerdem nicht ganz so klein wie Grummel. Dieser lief direkt hinter ihm her und unterstützte den Mann so gut er konnte. Die anderen liefen geschlossen, einer nach dem anderen, hinter den beiden. Den Schluss machte Aluna, weil sie sich stets umschauen und bei nahender Gefahr berichten konnte. Die beiden besorgten Mütter waren eingemittet und wagten nicht, ein Wort zu sagen. Ihre Angst war groß, dass sie sich durch einen falschen Laut verraten könnten. Auch Resa watschelte ihre Schweineschrittchen und war froh, dass Echsi stets neben ihr ging. Sie hatte wirklich einen guten Freund in der gefährlich aussehenden Echse gefunden. Wie beruhigend!

Jadoo ging nun in seinem Tempo, während er seinen Gedanken nachhing. Er dachte an Reto. Dieser war über lange Jahre sein bester Freund gewesen. Doch mit der Zeit hatten sich die beiden entfremdet. Aus dem liebenswerten Reto war ein ganz komischer junger Mann geworden. Jadoo erinnerte sich an das letzte Mal, als ihm Reto begegnet war. Gepierct, die Augen mit schwarzem Kohlestift umrandet und mit einer schwarzgefärbten Haarmähne, die er zu einem Zopf, der ihm lang den Rücken hinabhing, geflochten hatte, stand er da. Er schaute Jadoo mit glasigem Blick an. „Reto, ich hätte dich fast nicht erkannt! Was machst du denn so?", hatte er gefragt. „Ach, ich will weg. Hierher komme ich eh nicht zurück." Diese Antwort klang so abgeklärt und leer, dass Jadoo sie ihm gar nicht so richtig glauben konnte. „*So long!*" Die Abschiedsworte klangen noch immer in Jadoos Ohren, gerade so, als ob es gestern gewesen wäre. „Schon komisch; er ist dann einfach verschwunden", dachte er und stolperte beinahe über einen Baumstrunk, der mitten auf dem schmalen Weg aus der Erde gewachsen war. „Pass auf!", mahnte Grummel. „Solche Dinger können ganz schön gefährlich sein. Hier wimmelt es von denen. Manchmal sind es kleine, bösartige Gnome, die sich so verstecken und mögliche Eindringlinge erschrecken." Grummel kannte sich aus! Aber Jadoo hatte Glück: Es handelte sich in diesem Fall nicht um ein wildes, unbekanntes Wesen.

Nie mehr hatte Jadoo von Reto etwas gehört, geschweige denn, ihn je wieder zu Gesicht bekommen. Für ihn war das nicht so schlimm, weil er sich ja sowieso von dem komischen Wesen, zu dem Reto geworden war, distanziert hatte. Mit wachen Augen marschierte er nun im dichten Wald, den die Bewohner, Resa und Grummel Zauberwald nannten. Sie schwafelten auch immer wieder etwas von Erdpalast. Jadoo wunderte sich, denn dieser Name kam ihm sonderbar bekannt vor. Wo hatte er bloß schon davon gehört? Er schüttelte seinen Kopf und starrte weiter geradeaus. Doch eine innere Stimme mahnte ihn, Außergewöhnliches nie auszuschließen.

In seinem Leben war in dieser Hinsicht auch vieles passiert. Vor seinem inneren Auge nahm er Szenen von Bruchstücken seiner Kindheitsgeschichte wahr. Da war der kleine indische Junge, der zum ersten Mal in der Fremde aus dem Auto stieg. Viele Kilometer war er mit dem Flugzeug nach Europa gereist. Er wurde dort von einem Paar adoptiert und verbrachte eine schöne, wohlbehütete Kindheit. Doch zuvor war es schlimm für ihn gewesen. Er konnte sich daran nicht mehr so genau erinnern. Aber in seinen Träumen war stets diese wunderschöne Frau mit dem Bindi auf der dunklen Stirn. Die langen schwarzen Haare waren in der Mitte des Kopfes gescheitelt und ein goldener Nasenring durchbohrte den rechten Nasenflügel. Die schwarzen Augen blickten ihn liebevoll an und es strömte ein warmer Glanz, der ihre weiche Gestalt unterstrich, von ihr aus. Ein schönes Bild, das Jadoo stets in sich trug, es hervorholte, wenn er sich allein und traurig gefühlt hatte. Die Frau in seinen Träumen hieß Priya, was die Liebevolle heißt. Irgendwie schien ihm der Name passend. Sie hatte ihn regelmäßig in seinen Träumen besucht und ihm versichert, dass er sich in Sicherheit befände. Es beruhigte ihn und er hatte irgendwie seinen Schutzengel in Form dieser Frau gefunden.

Auch in den Tagen vor dem Plan, in den Zoo auf die Suche nach Wolke und ihrem Freund zu gehen, hatte Priya ihn in schwierigen und unruhigen Nächten einige Male besucht. Das war ihm nun klar und bewusst. Was hatte das wohl zu bedeuten? Plötzlich vernahm er Dellas Atem neben sich und fragte sie: „Wie geht es dir Liebes?" Diese krallte ihre Finger in seinen Arm und gab ihm auf diese Weise zu verstehen, wie verzweifelt sie war. Ein Blick und Della wurde ruhiger und zuversichtlich. „Wir werden Wolke finden", sagten seine Augen. Zusammen mit gleichmäßigen Atemzügen marschierten sie Hand in Hand ins Unbekannte – begleitet von einem kleinen Trupp ganz spezieller Gesellen. Sie kannten sich ja alle nicht sehr gut, aber vertrauten sich sonderbarerweise.

„Elias, Elias, schläfst du schon?", flüsterte Wolke aus der wohl dunkelsten Ecke des ungemütlichen Erdpalastes. „Nein, Wolke, ich bin wach", antwortete der Junge so schnell wie möglich, um das Mädchen nicht zu beunruhigen. Dieses war sichtlich erleichtert, etwas von Elias zu vernehmen. Zwar hatte sich Wolke schon etwas beruhigt und versuchte, die Lage, in der sie sich beide befanden, einzuschätzen. Doch es gab immer wieder Ungereimtheiten und Geräusche wie Kratzen, Rascheln oder leises Pfeifen, die ihr klarmachten, dass es sich hier um eine sehr unwirtliche Gegend handelte. Sie waren schon eine geraume Zeit vom Gnomen, der nur komisch herumgrunzte, gefangen genommen und festgehalten worden.

Elias versuchte sich zu bewegen und musste feststellen, dass er mit einer groben Schnur ganz blöd gefesselt war. Mit einem Blick in Richtung Wolke sah er, dass es dieser ebenso erging und sie sich fast nicht bewegen konnte. Es stank fürchterlich hier, der Boden war schmutzig und feucht. In diesem Loch konnte sich nur ein Tier, das im Erdreich lebte, wohlfühlen – das war klar. „Wie geht es dir, Wolke?", erkundigte sich der Junge nach deren Befinden. „Ich bin okay, Elias, hab' nur mein Tüchlein verloren", gab das Mädchen leise zurück.

Elias tastete seine Hosentasche nach seinem Handy ab und bemerkte erschrocken, dass er es wohl im Fall vom Himmel verloren haben musste. Um seine Freundin nicht zu erschrecken, behielt er die Tatsache für sich und fragte diese: „Wo sind wir bloß?" Wolke schaute ihn verdutzt an und antwortete: „Das weiß ich nicht!"

Kapitel 8

Im Erdpalast

Der kalte Waldboden fühlte sich unter seinen großen, breiten Füßen weich und schlammig an. Wanzor Schimmelgurk mochte ihn, weil ihn das Gefühl an seine modrige Behausung im Erdpalast erinnerte. Der Geruch erfüllte sein steinernes Herz mit etwas Undefinierbarem, das wohl in der anderen Welt Freude bedeutete. Dieses Gefühl feuerte seine mordlustigen Gedanken im Innersten an. Er hasste es zwar, wenn er so etwas wie Freude empfand, aber er hatte im Laufe seines Lebens gelernt, diese zu kanalisieren und sie dann in eine dumpfe Bösartigkeit zu verwandeln. Die gewonnene Energie half ihm immer wieder, den mühsamen Verwandlungsprozess durchzustehen. Die bösen Kräfte, die da stets wirkten, mussten schließlich irgendwo herkommen. Ja, er brauchte die Quellen, um sich am Leben zu erhalten. Dem Guten, das ihm zutiefst zuwider war, musste er sich immer wieder stellen, um daraus seine Nahrung zu beziehen. Er fraß sozusagen die guten Seelen auf und konnte sich so ernähren. Es bereitete ihm sehr großes Vergnügen, jemanden leiden zu sehen. Je mehr, desto besser! So wurde seine Nahrung würzig und verlieh ihr Geschmack. So wie jetzt wanderte er durch den Wald und war froh, dass die beiden Kinder vom Himmel gefallen waren. Ein purer Zufall, wie er fand. Sie waren, das hatte er sofort erkannt, gute Seelen und vor allem eins: unschuldige Seelen! Das war noch besser! Es war eine Delikatesse für ihn. Je länger er die beiden quälen und zermürben konnte, desto schöner würde seine Speise ausfallen! Er grinste, sodass sich sein sonst schon so hässliches Gesicht zu einer Fratze verzerrte.

„Na nu, was war denn das da?", dachte er bei sich, packte zu und hielt eine kleine Feldmaus in seiner Pranke. Das Tierchen glotzte erschrocken aus zwei Kulleraugen, zappelte wie wild zwischen den dicken, behaarten Fingern und schrie um sein Leben! Lachend und grölend öffnete Wanzor seine Hand und ließ das verwirrte Tier frei. Es rannte so schnell es konnte in Richtung Waldrand. „Die ist es nicht wert", dachte der Gnom und trampelte weiter in den dichten, dunklen Wald. Er musste sich beeilen, damit er so rasch wie möglich seine Arbeit verrichten und zurück in den Erdpalast kehren konnte. Die beiden „Himmelskinder" wollte er doch noch füttern; die waren bestimmt hungrig. Nachdem er im tiefen Wald angekommen war, fand er das, wonach er gesucht hatte. Er drückte die eiserne Klinke der Holztür des kleinen Häuschens herunter. Sie öffnete sich knatternd. Er trat ein und binnen einer Minute schlug sie zu und verschluckte den Gast mitsamt dem Gebäude. Kein Mucks! Nichts war mehr zu sehen. Wanzor und alles um ihn herum waren weg!

Elias räkelte sich und versuchte immer wieder, sich von den engen Fesseln zu befreien. Doch es gelang ihm nicht. Wolke beobachtete ihn und hatte begonnen, die ihren zu lockern. „Das Monster hat uns die Hände ziemlich fest zusammengeschnürt", meinte sie trocken. Inzwischen hatte sich ihr zierlicher Körper wieder mit etwas Leben gefüllt. Ihr Verstand war dadurch wieder zurückgekehrt. Elias nickte mit dem Kopf und war froh, dass der Kerl ihnen beiden nicht noch den Mund zugeklebt oder zugestopft hatte. „Ja, aber bitte bedank dich, dass wir uns wenigstens noch unterhalten können", gab er zu bedenken. „Schon; ist ja gut, Elias. Es hilft trotzdem kein Jammern." Wolke dachte jetzt angestrengt nach und erblickte trotz des Dämmerlichts eine Eisenstange, die achtlos an der modrigen Mauer des Raumes hingestellt worden war. „Also entweder ist der etwas behämmert oder er denkt, dass wir es sind", begann sie ihre Gedanken zu sortieren. Sie robbte sich zur Eisenstange vor. Nach zehn Zentimetern musste sie stoppen; ihr Fuß hatte sich verfangen. „Was ist das?", dachte sie. Etwas Spitzes stach aus den Furchen des mit Pflastersteinen belegten Bodens. „Pass auf, Wolke!", warnte Elias, der alle Bewegungen seiner Freundin mitverfolgt hatte. Auch er war jetzt hellwach – zum Glück! Wieder kam seine angeborene Ängstlichkeit zum Vorschein. Doch dieses Mal schien sie berechtigt und trug dazu bei, dass die Kinder beide dieselbe Idee hatten. „Ich versuch' mal, hier die Schnur durchzureiben. Du bleibst, wo du bist, Elias", erklärte Wolke. Drei-, viermal zog sie die grobe Schnur durch die Nagelspitze. „Es klappt!", flüsterte sie und schaute sich ängstlich um. Niemand war zu sehen. Rasch entledigte sie sich ihrer Fesseln, rannte zu Elias und band ihn los. „Komm!" Wolke zog Elias zur eisernen Tür des dunklen Raumes. Der Druck ihrer Hand duldete keinen Widerstand. Elias hielt das Mädchen an und nahm beim Vorübergehen die lange Eisenstange an sich. „Die wird uns bestimmt nützlich sein!", grinste er lautlos vor sich hin.

Resa watschelte immer noch neben Echsi und schaute diese flehend an. „Na komm, Resa, steig schon auf, du kleine Sau", forderte die grüne Echse die müde rosa Gestalt auf. „Du bist so klein und abnehmen sollst du ja auch nicht gerade; das wäre schade!", schmunzelte Echsi dazu. Die vier Menschengestalten bewegten sie elegant durch den Wald und Aluna hatte inzwischen auch Grummel auf ihren Rücken eingeladen. Dieser reckte seine Schnüffelnase in die Luft. Aluna ging dicht hinter Jadoo. So hatte Grummel stets den Überblick. Es lagen Probleme in der Luft! Er spürte so was! Zeit seines Lebens – und das waren jetzt doch schon einige Jahre – hatte ihn seine Nase nie getäuscht. Schon damals, als er Resa gerettet hatte, waren seine Vorahnungen so etwas wie ein Barometer für Gefahren. Tanja und Della hielten sich in der Mitte der Truppe an den Händen, wanderten dicht hinter den Männern und trösteten sich ab und an mit aufmunternden Worten. „Alles wird gut! Wir werden unsere Kinder finden." „Ja, bestimmt, wir werden sie finden." Es klang wie ein leiser Kanon, den alle Suchenden, begleitet von ruhigen Schritten, leise vor sich hin summten.

Kapitel 9

Der Außenseiter

Der Tag hatte sich wieder einmal mehr in die Länge gezogen. Aber niemand konnte wissen, in welche Ereignisse man verstrickt werden würde. Walter saß an seinem mächtigen Eichentisch in dem riesigen, dunkel eingerichteten Büro. Die Wände waren kahl; irgendwohin hätte man seinen Blick an eine Bücherwand hinwenden sollen. Anstelle von dieser war da nur noch eine schwarze Wand, auf der in der Mitte eine goldene Wanddekoration – ein Kopf des Teufels – angebracht war. Alles andere störte den mächtigen Mann, da er sich nicht mit den schönen Künsten und Lesen beschäftigen wollte. Walter war kein Mensch von Tiefgründigkeit. Er bevorzugte einen harten und direkten Umgang mit seinem Gegenüber. Von Kultur hielt er wenig, denn sie verschwendete seiner Meinung nach unnötig Zeit und Geld. Seine Tiefgründigkeit bestand darin, die Menschen in seinem Umfeld zu tyrannisieren und jede Person, die mit ihm zu tun hatte, über den Tisch zu ziehen. Alle um ihn herum, die nicht seiner Meinung waren, hatten keine Berechtigung zu leben. Da er sie nicht umbringen konnte, musste er aber immer wieder seine Macht demonstrieren. Er vermied es, wann immer er konnte, sich nicht in polizeiliche Ermittlungen zu verstricken.

Jetzt seufzte er laut, denn er war sicher, dass er in seinen vier Wänden völlig ungestört war. Eigentlich war es kein Seufzen mehr, sondern viel eher eine Mischung aus Grunzen und ächzenden Lauten. „Grrrr, chzzzz, grrrr." Es klang widerlich. Dann drückte er lange auf einen dicken roten Knopf, der sich auf seinem Bürotisch befand. Durchdringend ertönte ein tiefer Ton, der in direkter Line aus der Hölle stammen musste. Ein paar Sekunden später öffnete sich die massive Tür und ein Gesicht voller Piercings und Tätowierungen spähte herein. „Was is'n?", fragte eine männliche, junge Stimme. „Komm schon rein, Junge!", forderte Walter seinen Großneffen auf.

Reto lief geschmeidig wie eine Katze auf seinen am Schreibtisch wartenden Großonkel zu. Was er wohl in seinem Hirn wieder ausbrütet? Reto war ja schon einiges von seinem einzig verbliebenen Verwandten gewohnt. „Setz dich, Bub, und hör mir zu! Du musst mir einen Gefallen tun. Du weißt ja: Blut ist dicker als Wasser …"

Reto hörte dem Mann aufmerksam zu. Sicher, Reto war ein intelligenter Mensch. Aber große Menschenansammlungen und zu viel Aufmerksamkeit waren ihm zuwider. Er mochte es, mit sich alleine zu sein. Seine einzige Freundschaft in seinem bisherigen Leben war sein indischer Freund Jadoo gewesen. Stundenlang waren sie beide als Kinder im Zoo des Bruders seiner Großmutter unterwegs gewesen. Die Tiere hatte er sehr geliebt, vor allem die Reptilien. Die schuppigen Kaltblütler hatten es ihm angetan. Jadoo hatte sie nie gemocht und sich lieber bei den „warmen" Tieren aufgehalten. „Waschlappen", dachte Reto stets und hatte seinen Freund damit aufgezogen. Je älter er wurde, desto mehr wunderte er sich weshalb sein grobschlächtiger Onkel diesen Zoo besaß. Er sanierte nichts, ließ die Tiere halb verhungern und kümmerte sich nicht, wenn eines krank wurde. Jadoo und er selbst hatten so manche Stunde damit verbracht, ein elendig leidendes Tier selbst zu verarzten oder es zum Tierarzt zu bringen. Onkel Walter hatte ein Geheimnis – das war Reto inzwischen klar. Im Laufe der Zeit hatte Reto sich immer mehr aus der Freundschaft mit Jadoo gelöst, was den Onkel auf irgendeine Weise besonders gefreut hatte. Doch Reto wollte nicht auf guten Freund mit seinem Onkel machen und mied diesen ebenfalls. Den Funken von Kälte, der von ihm ausging, spürte der junge Mann immer, wenn er dem Alten begegnete. Jetzt war er gespannt, was Onkel Walter von ihm wollte.

Resa war nun vollends erschöpft und im Delirium. Während sie vor sich hin grunzte, wurden ihre Wangen immer röter. Echsi stöhnte auch, da er die Last des Schweinchens zu spüren bekam und große Mühe hatte, die Balance auf dem holprigen Waldboden unter seinen dick behornten Füßen zu halten. Die Menschen da vorn liefen leichten Fußes und Aluna war immer noch gut drauf! Auch Grummel pfiff manchmal eine kleine Melodie, was auch darauf hindeutete, wie wenig müde er war. „Ich kann nicht mehr, Leute! Können wir mal eine Pause machen?", forderte Echsi quengelig wie ein kleines Kind. Jadoo hielt inne, um nach den Tieren Ausschau zu halten. Leider war die Suche noch immer vergebens. Nichts, aber auch gar nichts hatten sie bis jetzt gefunden. Wolke und Elias blieben wie vom Erdboden verschluckt. Manchmal flüsterten die beiden Mütter miteinander und dann wieder waren alle stumm. So ganz allmählich ging die ganze Suche an die Nerven und zehrte an den Kräften. Außerdem hatte Chris Jadoo vor ein paar Minuten auf eine seltsame Spur vor ihnen Aufmerksam gemacht.

„Sieh mal da, die kleinen Tatzen oder was ist das?", hatte er gefragt. Auch Jadoo waren sie aufgefallen. Einen relativ großen Ballen und drei Zehen waren da in die Erde gedrückt zu sehen. Ein Fuß nach dem anderen. „Findet ihr nicht, dass es hier etwas komisch riecht?", fragte Grummel, seine feine Nase in die Luft schnuppernd. „Schon, doch, was ist das bloß?", warf Della ein. „Es riecht nach Schimmel, nach Moder", gab Tanja zu bedenken, indem sie ihre Stirn runzelte und sich gleich die Nase zuhielt. „Also, ich finde den Geruch ziemlich schön!" Echsi verdrehte seine Augen und begann, von einem Schlammbad zu träumen.

„Ehrlich, so ein Schlammbad ist einfach herrlich und wäre jetzt genau das Richtige", warf die Echse zur Aufmunterung aller ein. Das war ein schönes Stichwort, denn nun begannen sie alle, sich zu erzählen, was sie sich in diesem Moment am Sehnlichsten wünschten. Außer natürlich, die vermissten Kinder in die Arme zu schließen …

Kapitel 10

Der Plan

„Sieh mal da drüben, Elias!" Wolke zeigte mit dem Finger zu einer massiven Holztür. „Ja schon, aber die ist verriegelt", meinte dieser und verlor gleich nach dem kurzen Hoffnungsschimmer wieder den Mut. Die Eisenstange in seiner Hand war schon ganz glitschig. Der Angstschweiß machte sich in seinen schmutzigen Händen bemerkbar. Nur mit Mühe konnte er das schwere Ding halten. Er war versucht, die einzige Waffe, die sie besaßen, in die Ecke des widerlichen Raumes zu werfen. Doch irgendwie sagte ihm eine innere Stimme, sie zu behalten. Wolke schlich sich langsam zur Tür und rüttelte so leise sie konnte am dicken, verrosteten Schloss. „Is' sowas von zu …" Ratlos stand sie da, drehte sich aber abrupt um, als Elias die Eisenstange quer in den Vorsprung zwängte. „Jaaa, es klappt!", rief sie und hüpfte vor Freude von einem Fuß auf den anderen. Langsam kehrte wirklich Leben in sie zurück. Sie hatte zum ersten Mal, seit sie beide vom Himmel gefallen waren, das Gefühl, dass sich etwas vorwärts bewegte. Elias' Augen glänzten und er war sichtlich stolz, dass er es war, der diese supergute Idee gehabt hatte. Wie als eine Person drückten die beiden mit gemeinsamer Kraft gegen die Stange. Das Schloss saß schon sehr lose, denn die grobe Holztür hatte seit Jahrzehnten auf feuchtem, modrigem Boden gestanden. Das war das Glück der beiden Gefangenen. Knarrend öffnete sich das schwere Stück und Wolke trat als erste in die Freiheit. Elias blickte kurz zurück in das dunkle Loch, in dem sie eine ganze Weile ausgeharrt hatten. Dann schlüpfte er ebenfalls hinter Wolke aus der nassen, grauslichen Zelle.

„Atme tief aus und ein, Elias! Das hat mir meine Mama beigebracht. Immer wenn ich mich aufrege, sollte ich das tun. Sie hat es im Yoga-Kurs gelernt. Manchmal ist es ja schon gut, wenn man auf die Eltern hört", belehrte Wolke den zitternden Jungen. Elias stimmte mit den Übungen mit ein und beruhigte sich tatsächlich. „Siehst du, es wirkt!", meinte Wolke triumphierend. „Vorsicht, Wolke, wenn wir zu laut sind, hört uns der böse Kerl und schnappt uns wieder. Ich habe keine Lust mehr, wieder in seinen stinkenden Klauen zu landen. Echt nicht!", mahnte Elias, während er sich, um seinem Ekel Ausdruck zu verleihen, schüttelte. „Dann pssst!" Wolkes Zeigefinger war jetzt von ihrem Mund. „Wir sollten einen Plan haben – den wir aber nicht haben", sinnierte sie, wohl mehr für sich selbst. „Ich weiß einfach immer noch nicht, wo wir sind", warf Elias ein. „Mensch, ich doch auch nicht, aber das müssen wir jetzt eben rausfinden", erklärte sie trotzig. Um diese Aussage zu bekräftigen, lief sie in die Richtung, wo sie dachte, dass am meisten Licht herkam. Beim Gehen oder Laufen kamen ihr immer die besten Ideen. Die hatten sie beide bitter nötig. Wer weiß, vielleicht ist die Richtung geradeaus immer die beste. Instinktiv dachte sie, dass das wohl ein Schritt in die Lösung ihres Problems sei. Elias, der eine Weile die Samstagnachmittage bei den Pfadfindern verbracht hatte, war zum ersten Mal richtig froh, dass er dies über ein Jahr, trotz großer Überwindung, gemacht hatte. „Manchmal nützen die blöden Ideen der Erwachsenen schon noch etwas!", dachte er so für sich und trabte Wolke hinterher, ohne jedoch den Blick vom Boden zu nehmen. Denn da hatte er bereits große, breite Fußabdrücke ausgemacht. Die beiden Flüchtlinge marschierten über sicher drei große Hügel und fanden sich an einem Waldrand wieder. Endlich! Es war hell und die Augen der beiden Kinder brannten im gleißenden Licht. Sofort benutzten sie ihre Hände und machten damit ein Schattendach, um ihre Sicht zu schützen.

„Wir setzen uns mal hin und besprechen die Lage", befahl Wolke, jetzt schon etwas müde. „Ja, gute Idee", entgegnete Elias und berichtete dem Mädchen von seiner Entdeckung. „Hmm, das klingt nicht gut, aber doch auch nicht schlecht", meinte Wolke. „Es ist eben auch eine gute Nachricht, denn das heißt, wo ein Jemand war, kann er auch wieder verschwinden. Soviel ist klar! Es muss also einen Ausgang von hier geben." Elias nickte zustimmend. „Ich denke, es wäre gut, wenn wir Echsi und Aluna wiederfinden würden. Außerdem wäre es gut, wenn mein Handy wieder auftauchen würde." Er runzelte sorgenvoll seine Stirn. „Du hattest die ganze Zeit dein Handy dabei?" Wolke war fassungslos. „Nein, eben nicht! Das heißt: Doch. Aber es ist mir runtergefallen – während wir geflogen sind." Wolke seufzte, machte aber eine wegwerfende Bewegung: „Wer weiß, wir hätten wohl nicht mal Empfang hier."

Die beiden Kinder diskutierten lange, was nun geschehen sollte. Einen Plan hatten sie eigentlich nicht, aber der Plan war eben, dass sie immer der Nase voran liefen, versuchten an ein Wunder zu glauben, die Hoffnung, wenn möglich, nicht zu verlieren und sich geschworen hatten, einander zu helfen – was auch immer geschehen würde. Nach diesem Schwur marschierten die beiden erneut los, aber immer auf der Hut, um nicht in eine hinterlistige Falle hineinzutappen.

Wolke blinzelte zu Elias hinüber. Seit einiger Zeit hatte sie ein komisches Gefühl, wenn sie ihn ansah. Irgendwie, wie wenn Millionen Fliegen in ihrem Magen herumschwirrten und ein riesiges Chaos veranstalteten. Dann erinnerte sie sich an die vielen Unternehmungen, die sie beide gemeinsam schon erlebt hatten und sich stets gegenseitig geholfen hatten. Auch wie sie zusammen die Zustände, die im geliebten Zoo herrschten, entdeckt und beschlossen hatten, sich um die Tiere und deren Wohl zu kümmern. Na ja, die Fliegen in ihrem Magen waren ja auch Tierchen. Aber im Moment machte sie sich keine weiteren Sorgen darüber! Sie machte eine Wischbewegung, die Elias nicht mitbekam und damit war die Sache erst einmal vom Tisch geräumt. Mit einem Zwinkern im Auge lachte sie ihren guten Freund an und freute sich, dass sich dieser von ihrer guten Laune hatte anstecken lassen und ebenfalls kicherte. Aber eben immer sehr in gemäßigter Lautstärke! Sie wollte keinesfalls von falschen Personen entdeckt werden. So viel war sicher!

Elias sah seine Freundin verstohlen an und war froh, dass diese zwei Schritte vor ihm ging. Sie lief schnell und er folgte ihr vertrauensvoll. Zum Glück! Es wäre zu peinlich für ihn gewesen, wenn sie erraten hätte, was er gerade über sie dachte. Sein Herz hämmerte und er wusste überhaupt nicht, was das bedeuten sollte. Schluss jetzt mit dem Gefasel! Sie mussten unbedingt aus dieser Situation herauskommen. Die Hoffnung war es nun, die seinem größten Wunsch – dem auf Freiheit – Platz machte. Die beiden Kinder blickten zum Himmel und dann nur noch geradeaus. Sie fanden Licht und hörten die Vögel singen. Dies waren doch schon mal gute Zeichen. Während ihrer Wanderung hielten sie sich an das Licht, denn sie wollten um keinen Preis mehr in die Dunkelheit zurück.

Die Tür zum tiefen Keller des Erdpalastes ächzte und stöhnte, als ein Mann, vollkommen tätowiert, in wallendem schwarzen Gewand, langem pechschwarzen Zopf und bleichem Gesicht diese aufstieß. Reto zog eine Grimasse und war verwundert, dass ihm das, was er sah – oder eben nicht sah – überhaupt bis gar nichts ausmachte. Da würde sein Onkel wohl Augen machen!

Kapitel 11

Der Zoodirektor

Walter Schimmel blätterte eifrig in seinen Unterlagen. „Die Zahlen stehen ja nicht zum Besten", dachte er bei sich und drückte auf diverse Tasten, um sich auf seinen Tabellen und Grafiken umzuschauen und sich ein genaues Bild zu machen. „Das ist doch egal; ich habe ja genug, um ein Jahrhundert so weiter zu machen!", grinste er hämisch vor sich hin. Seine schwarzen Augen verdunkelten sich bis ins Unendliche. Und hätte man den alten Mann genauer betrachtet, hätte man meinen können, so etwas wie lodernde Flammen in diesen zu sehen. Zum Glück war niemand da und der gemeine Direktor konnte sich ganz seinen scheußlichen Absichten hingeben. „Warum auch wagen es so blöde Kinder und ein paar lumpige Tiere, in sein anderes Reich einzudringen und alles durcheinander zu bringen!", sinnierte er weiter und je länger er darüber nachdachte, umso schlimmer erschien ihm die Situation. Über viele Jahrzehnte war es ihm gelungen, die Stadtverwaltung, deren Präsident er war, an der Nase herumzuführen und sämtliche Zuschüsse für sich einzuheimsen. Auch alles, was an Spenden für den Zoo hereingekommen war, konnte er auf sein geheimes Konto verbuchen. Wenn er etwas wirklich gut konnte, war es, die Menschen zu manipulieren, hinters Licht zu führen und alle Aufmerksamkeit vom Eigentlichen wegzulenken. Darin war er ein Meister!

„Ich muss einfach den viel zu gutmütigen Jungen mehr auf meine Seite bringen und ihm klarmachen, was er an seinem Großonkel alles gewinnen kann!" Walter war jetzt sicher, dass er mittels kleinem, schubweise verabreichtem Lob bei Reto viel erwarten konnte. Der junge Mann – nun, sooo jung war er nun auch wieder nicht – schien ihm sehr zerstreut und mit schwankendem Charakter ausgestattet zu sein. Ein leichtes Spiel! Den Anfang hatte er mit der Erteilung des Auftrags ja bereits gemacht …

„Hey, du!" Eine ziemlich hohe, kreischende Stimme weckte Jadoo unsanft. Ein hässlicher kleiner Kerl zupfte an seinem Pulli und zerrte immer wilder am Ärmel. „Naaa, lass mal!", gab Jadoo in einem befehlenden Ton nun zurück. Er hatte kaum Zeit gehabt, richtig wach zu werden. Das mochte er ganz und gar nicht. Auch die anderen waren inzwischen wach geworden. Nach den anstrengenden Märschen des gestrigen Tages waren abends alle auf der Stelle eingeschlafen. Ein Fehler, dass niemand Wache gestanden hatte. Der unbekannte Geselle stampfte nun erschrocken auf den weichen Boden und schrie wie wild umher: „Hey, hey, hey! Was macht ihr alle hier?! Mein Wald, mein Feld, mein Boden, mein, mein, mein!" Grummel musste jetzt aber handeln! Er trat hervor und stellte sich vor das kleine Ungeheuer, vor dem man – das hatte er wieder einmal im Gespür – sich in Acht nehmen musste. Die Spucke des Gnoms war für Tiere – für Menschen wusste er nicht – sehr giftig. „Na du, komm mal runter!" Jetzt war sein Ton wie der eines Polizisten – scharf. Zu seiner Sicherheit hielt er sich Wolkes Tüchlein vor die Nase und den Mund.

Der Gnom stellte seine Ohren hoch und blieb augenblicklich stillstehen. Irgendetwas blitzte vor seinen dummen Augen und faszinierte ihn. Es war das farbige Tüchlein, das ihn interessierte. „Ich will, meins!", krähte er plötzlich wieder los. „Iiiiiiiich willllll!" „Wenn du uns passieren lässt, dann kriegst du das schöne Tüchlein", ein Geistesblitz! Grummels Gesicht erhellte sich. Die anderen Anwesenden nickten einhellig und wagten nicht, ein Wort zu sagen. Echsi versuchte sich dumm zu stellen. Alle wussten, der Typ da vorn war wohl klein, aber so viel Gift spürte man einfach. Ein kleiner Strahl seiner Spucke konnte sie alle töten. Grummel, der Kenner aller Kreaturen in dieser komischen Welt, wusste am besten, wie man mit solchen Gestalten umging. „Schau, ich lege das Tüchlein hier auf den Boden. Aber erst, wenn alle meine Freunde außer Sichtweite sind", erklärte er sein Angebot so sanft wie möglich. Er selbst würde halt seine

Füße in die Hände nehmen und so schnell wie möglich davonrennen müssen! Das war so sicher wie das Amen in der Kirche – na, so viel er davon wusste.

Das giftige und eitrige Geschöpf war zu neugierig und zu besitzergreifend, als dass es sich diesen Deal hätte entgehen lassen können. Seine langen, dürren Finger griffen gierig nach dem Tüchlein: „Meins, meins, meins", glitten die Worte über seine schmierigen Lippen. Grummel machte eine Bewegung und wies die ganze Gruppe, die jetzt wortlos zusammenstand, an, wegzurennen. „Los jetzt!", schrie er so laut er konnte. Aluna mit Della und Tanja auf dem Rücken, Echsi mit Resa als Reisegast, Jadoo und Christian, sie alle rannten auf Grummels Kommando los – aber so schnell, als hätte sie eine Tarantel gestochen! Tja, es war in diesem Fall wohl eher so, als ob sie dieser gerade noch rechtzeitig entkommen waren.

Der eklige Vieh-Mensch hielt nun das Tüchlein in der Hand, war tief geblendet von den Farben und bekam so gar nicht so recht mit, dass der kleine Igel schon längst über alle Berge war.

Über ein paar Kilometer waren die Tiere und die Männer gerannt. Sportlichkeit zahlte sich hier eben aus! Grummel kannte ein paar Abkürzungen und dank seiner Spürnase hatte er die Truppe bald eingeholt. Er konnte nun verantworten, dass sie alle weit genug weg vom Untier waren. Jadoo und Christian waren völlig außer Atem, aber lachten erleichtert, jetzt außer Sichtweite und in Sicherheit zu sein. „Schade um das Tüchlein", seufzte Aluna laut und verdrehte traurig die Augen. „Ach, du bist eine hoffnungslose Mode-Tussi", entgegnete Echsi gespielt empört. Alle lachten und war insgeheim heilfroh, dem giftigen Wesen entkommen zu sein.

„Wo sind die Kinder? Verdammt, du elender Bengel! Kann man dir denn überhaupt nichts auftragen?! Was bist du für ein nutzloser, blöder Idiot!" Walter Schimmel krähte die Worte förmlich heraus. Sein Gesicht war rot vor Zorn. Die Ohren standen wie Hörner von seinem großen Kopf ab und überall wuchsen Dellen aus diesem. Er sah aus wie der Leibhaftige und aus schwarzen Augen rauchte es. Die Flammen züngelten um seinen dicken Körper. Sein Zorn war maßlos, so maßlos, dass Reto sich zu Boden duckte und jämmerlich zitterte.

„Die K–K–K–Kinder s–s–s–sind weg …", stotterte er kleinlaut. Nein, diese Reaktion seines Onkels hatte er nach der Rückkehr aus dem Zauberland nicht erwartet.

Er war sich so sicher gewesen, dass es ein Leichtes sein werde, die beiden Kinder wiederzufinden. Nachdem er das Verlies leer vorgefunden hatte, suchte er die ganze Gegend ab. Er selbst hatte ja auch ziemliche Angst. Er wusste von seinen vielen Steifzügen, die er in seiner Kindheit mit Jadoo unternommen hatte, dass das Zauberland vor Gefahren nur so wimmelte. Doch irgendwie waren sein Freund und er immer geschützt worden. Er erinnerte sich, wie er einmal im Moor fast ertrunken wäre. Jadoo hatte ihn aus dem Schlamm gezogen, in den er bereits hüfttief eingesunken war. In allerletzter Minute hatte ihn dieser auf festen Boden geschleift. Seine Stiefel hatte er nie mehr gefunden. Sie waren jetzt in der Erde für immer begraben. Onkel Walter hatte getobt, als er – nur in Socken, ohne seine Stiefel – nach Hause gekommen war. Seinen Onkel durfte man niemals zur Weißglut bringen; das spürte er nun wieder einmal am eigenen Leib!

Die Kinder blieben verschwunden und es ergab für Reto keinen Sinn mehr, im Zauberland zu bleiben. Also machte er sich auf den Weg zurück. Er ging bis zu der Stelle, wo er aus seiner Welt hinausgeschlüpft war und vollzog das Ritual, um wieder zurück in diese zu gelangen. Er überlegte, wie er seinem tobenden Großonkel die Tatsache gestehen würde, dass die beiden Ausreißer weg waren. „Na ja, er wird mich wohl nicht auffressen", beruhigte er sich.

„Du Würstchen! Und du willst mein Nachfolger werden?! Mit Haut und Haaren werde ich dich verspeisen, du elende Ameise!", schrie der böse Sohn des Teufels seinen Großneffen zornentbrannt an und spuckte Feuer.

Kapitel 12

Von Zufällen und möglichen Ideen

„Weißt du, Elias", begann Wolke ihre Erzählung, „mein Vater – also eigentlich ist es mein Stiefvater – hat mir immer mal wieder von dem bösen Onkel – ja, eigentlich ist es ein Großonkel – seines Freundes Reto erzählt. Das ist der Zoodirektor ..." „Klaro, weiß ich doch", unterbrach sie der Junge; „aber die Geschichte kenne ich doch schon!" Er seufzte vor sich hin und hoffte insgeheim, dass seine Freundin keinen Hitzedefekt oder so was erlitten hatte. Ein Sonnenstich wohl eher nicht, da in dieser Gegend alles mehr oder weniger traurig dreinschaute. Die Bäume waren kahl, der Boden trocken, als ob er viele Wochen keine erfrischenden Regentropfen erhalten hätte. Auch der Himmel erhob sich grau über ihren Köpfen und in weiter Ferne drohten dunkle Wolken aneinander zu donnern. Elias überkam wieder einmal mehr eine tiefsitzende Angst. „Was, wenn uns niemals mehr jemand findet und wir überhaupt nicht mehr nach Hause finden?", dachte er panisch und lief automatisch schneller.

Wolke bemerkte Elias' Verhalten und rief: „Komm, Elias, wir machen eine kurze Pause." Sie war durstig und hatte drüben eine kleine, bald versickernde Quelle entdeckt. „Vielleicht können wir etwas Wasser trinken. Da, da drüben", zeigte sie mit dem Finger. Vor ein paar Stunden hatten sich die beiden an einem Busch mit großen, roten Walderdbeeren satt gegessen. Wolke fand, dass diese karge Gegend sehr unwirtlich aussah, wenn nicht angsteinflößend. Um abzulenken, erzählte sie weiter: „Also, wie gesagt, mein Vater hat mir oft erzählt, dass er mit Reto in einem anderen Land umhergestreunt ist. Trotz vieler Gefahren, hatte er niemals Angst. Seine Mutter, eine gute Fee, sei stets bei ihm gewesen und hätte ihm geholfen." Elias staunte nun: „Die gibt es wirklich?" Wolke nickte. „Ich hab' das immer geglaubt, als ich jünger war. Aber jetzt …", wandte sie ein. „Doch nun …"; sie schob das kleinlaut ein. „Nun glaube ich alles." „Ich auch – bei dem, was hier abgeht", Elias runzelte nachdenklich die Stirn. Nachdem die Kinder etwas von der wenigen Flüssigkeit erhascht hatten, setzten sie sich auf einen kleinen Felsblock, der nah an der versiegenden Quelle in die Höhe ragte und ruhten sich aus.

„Wir müssten die Fee finden", rätselte Wolke. „Dann könnte sie uns helfen. Ganz sicher würde sie das; weil sie ja immer meinem Papa geholfen hat. Ob sie noch lebt? Aber Feen leben ja ewig." „Glaub' schon", gab Elias zurück. Er lag, seine Arme über dem Kopf verschränkt, da und dachte nach. „Eine gute Idee, denk mal nach, Wolke; hat er irgendetwas gemacht oder gesagt, damit er sie sehen konnte? Oder gerufen oder so?" „Wart mal …", jetzt dachte Wolke angestrengt nach. „Frieda, Ida, Ria oder so nennt er sie." In Wolkes Gehirn rasten ihre Gedanken. Plötzlich rief sie sehr unbedacht und laut: „Priyaaaa!"

Eine Nebelwolke erhob sich vor den Augen der liegenden Kinder. Erschrocken setzten sie sich hin und sperrten ihre Augen weit auf. Weißer Nebel wirbelte wie ein Tornado vor ihnen und hüllte sie mit einem Duft aus Tannennadeln und Zitrusfrüchten ein. Ganz benebelt nahmen sie die Stimme wahr: „Was wollt ihr von mir?" Sie klang wie eine helle Glocke und war ein Kontrast zur Gestalt, die zwar dunkel war, aber wunderschön aussah. Es schien, als sei sie einer Geschichte aus Tausend-und-einer-Nacht entsprungen. Das Gesicht lieblich, mit einem Bindi auf der Stirn und der Körper über und über in Organza und helle, goldene Kettchen gehüllt. Die Glöckchen an den Kettchen bimmelten himmlisch und süß. Die Erscheinung verströmte Glück, Geborgenheit und Liebe. Sie konnte nur gut sein.

Plötzlich hatten die beiden Kinder keine Angst mehr und sprachen frei. Sie erzählten Priya von ihrem Fall aus dem Himmel. Dass sie beide den Zoo retten wollten und irgendwie auf einem

Seil in dieser Welt gelandet seien. Sie fänden nicht mehr zurück und seien jetzt beide auf sich gestellt.

„Ich, Priya, heiße die Liebevolle", erklärte sie mit einer Stimme, die wie ein Echo klang. „Wann immer ihr euch sorgt, tut es nicht. Sammelt eure Kraft und lasst die Energie in eure Rettung fließen. Nur Liebe bringt euch weiter. Denkt an diejenigen, die ihr liebt, an diejenigen, die euch lieben. Denkt an diejenigen und an die Dinge, die euch etwas bedeuten, und sammelt die Kraft. Es wird euch gelingen, glaubt an euch. Widerholt die Worte ständig und ihr werdet sehen, dass euch geholfen wird. Dieses Seil ist das Zauberseil. Findet ihr den Anfang, verbindet es damit und ihr werdet euer Ziel erreichen. Und denkt daran: Zweifelt nicht, liebt und vertraut." Wieder stieg ein betörender Duft aus Tannennadeln und Zitrusfrüchten in die Luft und der Nebel verdichtete sich.

Mit einem Atemzug war die schöne Fee Priya verschwunden! Die beiden Kinder standen benommen auf dem Felsblock. Wolke hielt ein Seil in der Hand und konnte ihren Mund nicht schließen. Bewegungslos stand Elias neben ihr und klappt seinen Kiefer zu. „Mensch! Das kann nicht sein!" Das klang aus tiefstem Herz. „Ich glaub', ich spinne, nein, träume!" Wolke hatte ihre Sprache wiedergefunden. Sie schaute auf das eingerollte dicke Seil und glaubt erst jetzt allmählich, was sie da eben erst gesehen hatte.

Tanja weinte und Della hielt sie tröstend in den Armen. Auch Wolkes Mutter war am Ende ihrer Weisheit und bemühte sich, nicht ebenfalls in Tränen auszubrechen. Irgendwie waren jetzt starke Nerven gefragt. Als vorhin von allen herauskam, was sie in dieser Situation am liebsten tun würden, konnte sie einfach keinen sehnlicheren Wunsch in ihrem Herzen finden, als der, ihr Kind wieder zu sehen! Wie sehr liebte sie ihre Tochter, die verschmitzte, jungenhafte Wolke, die ständig wundervolle, verrückte Ideen hatte und ein Leben voller Tatendrang – jetzt, bereits in jungen Jahren – führte. Della sprach auf Tanja ein und gab sich selber Mut. Die Männer planten die Nachtwache, denn niemand wollte erneut auf einen solchen Giftzwerg treffen. Sie hatten genug von heute Morgen!

Jadoo, Grummel und Christian saßen zusammen am Feuer. Es waren alle sonst eingeschlafen. Auch Aluna hatte sich ausnahmsweise auf den harten Boden gelegt und ihre langen Beine wie die Streben eines Fächers ausgelegt. Resa lag dazwischen und fühlte sich einigermaßen beschützt. Echsi schnarchte bereits; er hatte sich aus Rücksicht auf die anderen einen Platz etwas weiter weg von seinen Gefährten gesucht.

„Grummel, du bleibst heute Nacht fürs Erste wach. Ich werde dich so um zwei Uhr ablösen", flüsterte Jadoo und fuchtelte mit seinem Taschenmesser, das er stets bei sich trug, umher. „Na klar"; Grummel nickte und hielt einen dicken Knüppel parat. „Das Ding da wird notfalls seine Dienste tun", meinte er eifrig. Christian wollte den frühen Morgen als Schicht für die Nachtwache übernehmen. So weit, so gut! Sie waren gerüstet. Komme, was wolle!

„Wenn doch nur Priya hier wäre!", dachte Jadoo bei sich. „Bitte, Mutter, bitte komm wieder einmal zu mir. Wir alle brauchen dich hier!"

Im Erdpalast ging das Kerzenlicht aus. Wanzor scharrte mit seinen Füßen in der faulen Erde und ließ ein paar Laute von sich: „Grr, chzzz, pffff." Dann schloss er die schwere Tür so gut er konnte und ärgerte sich über das kaputte Schloss. „So ein Stümper!", dachte er, ehe er den Ort aufsuchte, von wo aus er zurück in sein Büro kehren konnte.

Kapitel 13

Priyas Traumreich

Ein sanfter Windhauch streichelte Jadoos Wange. Er blinzelte durch die Dunkelheit und versuchte zu ergründen, aus welcher Richtung die Brise kam. Die dürren Äste bogen sich in die Richtung des Feuers. In diesem glühten nur noch ein paar Kohlestücke. Jadoo stand auf und machte sich daran, trockenes Holz zu suchen. So würde das Feuer wieder auflodern und alle wärmen. Die Nächte in diesem Land waren kalt. Instinktiv wusste er das. Nachdem er ein paar Reisigzweige gefunden hatte, warf er sie auf die heiße Glut und sogleich brannten sie lichterloh. „Und jetzt noch einen trockenen, dicken Stamm! Das wäre ideal!", dachte er bei sich. Etwas abseits, da ganz in der Nähe, wo Echsi laut schnarchte, fand er zwei kräftige Stämme, die wohl ihren Zweck erfüllen würden. Er warf sie ebenfalls auf das Feuer und sogleich fraßen sich die Flammen in die Beute. Alle schliefen ruhig; es schien, als ob jemand über die ganze Gruppe wachte. Ab und zu drehte sich einer. Jadoo war zufrieden und hing seinen Gedanken nach. Er hatte noch keinen seiner Gefährten von seinem Geheimnis wissen lassen. Niemand kannte es, nicht einmal Della, seine Frau. Einerseits getraute er sich nicht, zu erzählen, was er wusste. Es war ihm irgendwie peinlich, denn er hatte keine Ahnung, ob ihm geglaubt wurde. Allerdings, unter den momentanen Umständen, wäre die Glaubwürdigkeit wohl kein Problem mehr. Und doch wollte er niemanden beunruhigen. Ganz allein besaß er dieses Wissen und musste damit leben. Das war eigentlich schon immer so. Jadoo war das gewohnt.

Der Wind blies nun stärker und plötzlich stieg ein intensiver Geruch von Tannennadeln hoch. Der Wachmann rümpfte seine Nase und bemerkte nun eine zweite, nämlich die seines Freundes Grummel. Dieser reckte seinen Knubbel in die Luft und flüsterte ihm zu: „Verdammt! Kein gutes Zeichen! Da ist was im Anmarsch! Das fühle ich!" Jadoo nickte: „Ja, ich auch!" Beide erhoben sich von der Feuerstelle. Jadoo zeigte mit einer Handbewegung, wohin sich Grummel zu begeben hatte. Dieser trippelte gehorsam mit leisen Igelfüßchen in Richtung schlafendem Echsi und Schweinchen Resa. Letztere hatte inzwischen ihre Schlafstätte gewechselt, weil sie sich zwischen den schuppigen Pranken der Echse viel beschützter fühlte. Damit sie Echsis Schnarchen nicht so mitbekam, hatte sie sich einfach Haarbüschel ihres Zopfendes in die Ohren gestopft. Jadoo beobachtete in Kampfstellung, die er in Take Won Do gelernt hatte, und verharrte der Dinge, die auf ihn zukommen sollten – die schlafende Truppe stets im Visier. Doch an dieser war der penetrante Duft von Tannennadeln auch nicht spurlos vorübergegangen. Della blinzelte nun und durch schmale Augenschlitze sah sie sich um. Christian, der sich sowieso nur schlafend gestellt hatte, setzte sich leise auf und weckte Tanja so sanft wie möglich. Grummel, der sich jetzt kurz vor der schlafenden Resa befand, legte seinen Igelfinger an den Mund und zischte leise: „Pssst!" Resa kapierte sofort; der lange Zopf flog ihr um den Kopf. Nur Echsi schnarchte weiter. Das Geknatter machte ihn immun gegen jedes Geräusch. „Der kann ganze Wälder zersägen und kriegt überhaupt nichts mit!", dachte Grummel bei sich, weckte das Tier nicht und fügte in Gedanken hinzu: „ Soll der mal noch ruhig schlafen." Resa verstand wieder sofort und lief zu Grummel hinüber.

In einer Sekunde auf die andere gesellte sich ein weiteres Aroma zu den Tannennadeln: Zitrusduft! Jadoo ging plötzlich ein Licht auf! Doch ehe er etwas sagen konnte, wirbelten tausend kleine, weiße Schleier auf die Feuerstelle zu. Wie ein starker Frühlingssturm blies nun der Wind und löschte das Feuer mit einem Zug. Die Schleier wickelten sich vor seinen Augen um jede einzelne Person herum und hoben sie hoch in die Luft. Es schien, als sei mit dem gleißenden Licht auch allen die Stimme geraubt worden. Jadoo sah nur noch, wie die entsetzten Augen seiner geliebten Frau und auch die aller Freunde nach Hilfe flehten. In ihnen war die blanke Angst zu sehen. „Du meine Güte! Was passiert hier!", schrie er aus vollem Hals wie um sein Leben.

In grellem Licht und in ungewöhnlicher Hitze drehte und rollte es Echsi um seinen eigenen langen, beschuppten Körper. Seine Beine standen vom Körper ab und fühlten sich schwerelos an. „So schön!", kicherte er, als ob er zu viel vom Blubberwasser, das ihm Resa neulich in ihrer Hütte angeboten hatte, getrunken hätte. Es wirbelte ihn in der Lichtblase umher, als ob er ein Kunstturner wäre. „Mir ist gaaaanz schwindelig!", schrie er und flog nun eingehüllt kopfvoran durch die Luft. Wie eine Rakete schoss er an weiteren bekannten Gesichtern vorbei. Die dunkle Nacht war übersät mit Kokons, die, getragen vom Wind, wie große Luftballons am Himmel tanzten. Sie wirbelten umher und schüttelten die Insassen. Jadoo, Della, Resa, Grummel und Aluna, sie alle torkelten in hellen Blasen durch das Universum, umhüllt von einem Tannennadel-Zitrusfrüchte-Duft. Die weißen, gleißenden Mäntel sprachen in glockenzarten Stimmen im Chor: „Habt keine Angst! Wir tun euch nichts!"

Millionen von leuchtenden Schmetterlingen begleiteten die mannshohen Lichttropfen und tanzten flatternd um sie herum. Jadoos Augen leuchteten und zum ersten Mal seit vielen Jahren fühlte er eine Leichtigkeit in sich. Er war glücklich, denn er wusste, was ihn erwartete. Wie ein goldener Regenbogen erhob sich eine Brücke vor seinen Augen und in strahlendem Glanz stand plötzlich Priya vor ihm.

„Mein Sohn!", sprach sie in weichem Tonfall und in ihren Augen glänzten die Tränen. So viele ungeweinte Tränen, die nun aus ihr hervorquellen wollten. „Mutter!", Jadoo brachte das Wort ohne Mühe über die Lippen. Tausend und eine Nacht hatte er es in Gedanken, in seinen Träumen geübt. Endlich wurde es ausgesprochen! Della und alle Gefährten, bis auf Echsi, landeten nun ebenfalls weich auf der goldenen Brücke.

„Wolke lebt!", waren ihre nächsten Worte, weil Priya fühlte, wie sehr ihr Sohn diese Wahrheit hören wollte. Dellas Knie versagten, als sie das hörte. Sie klappte in den Armen ihres Mannes zusammen. In diesem Moment knallte Echsi hart neben den beiden auf den goldenen Boden. „Aua!", schrie er und rieb sich die Vorderfüße ganz vorsichtig, um nicht mit seinen scharfen Krallen die Haut aufzuritzen. „Echt jetzt! Ich hab gesehen, dass ihr alle weich gelandet seid. Und ich wieder – na ja –, weich war das nun nicht!", schimpfte er beleidigt. Die vielen tausend Zitrusfalter flatterten vergnügt umher, versammelten sich und stoben plötzlich alle auseinander. „Hihihihi", kicherte ein Falter-Mädchen mit weißgoldenen Locken, „wir dachten, ein bisschen Angst könnte dir nicht schaden!" Nun war es an den Faltern zu fliehen, denn Echsi hob seine mächtigen Krallen hoch und fuhr damit durch die Luft. Zitronenduft erfüllte den Ort und die grüne Echse duckte sich gespielt ergeben und benebelt auf dem Boden.

„Willkommen in meinem Traumreich! Es gibt viel zu erzählen", sprach nun Priya mit einladender Geste. Die vielen Falter glitzerten tanzend und flatternd über ihrem Kopf und verwandelten mit dem hellen Licht das lange, schwarze Haar in weiße Flammen, die wie ein Sonnenkranz ihr liebliches Gesicht umrahmten. Der Bindi auf ihrer Stirn strahlte jetzt mit unglaublicher Kraft. Der Duft hüllte alle staunenden Anwesenden ein.

Onkel Walter hatte ihm eine neue Chance gegeben und ihn nochmals ins Zauberland zurückgeschickt. „Dieses Mal muss ich sie finden …", sagte er leise vor sich hin. Doch verflogen innert einer Sekunde all die guten Ideen zur Lösung seiner Probleme, als die dürren Äste unter seinen Füssen knackten und Reto die erloschene Feuerstelle entdeckte.

Kapitel 14

Zwei Welten, zwei Menschen

Eine Menge drängte sich um das Paar, der Mann ärmlich gekleidet im Staub liegend, die Frau, ebenso in alte und einfache Kleider gehüllt, saß über ihn gebeugt. Im Arm der Frau lag ein Bündel, das wie aus einem Haufen Lumpen heraus hemmungslos schrie. „Da schleicht sie, tötet sie!", schrien die Zuschauer, als sich der arme Mann am Boden wand und Schaum aus seinem Mund lief. Die Klapperschlange schlängelte sich durchs Gestrüpp in Sicherheit und entkam. Die Männer mit Stöcken in der Hand konnten sie nicht mehr erwischen. „O, schütze uns, heilige Göttin Rohni, erbarme dich!", rief ein alter Mann und streckte seine Hände gegen den Himmel. Die Frau schluchzte und war gezwungen, während sie ihr Baby beruhigte, dabei zuzusehen, wie das Gift im Körper des jungen schwarzhaarigen Mannes wirkte.

Ein Mann saß in seinem Jeep und beobachtete die ganze Szene. Es rührte ihn nicht. Zu viele Male hatte er dem Tod in die Augen gesehen. Sein Herz war dabei zugefroren. „Besser so!", dachte er bei sich und ertappte sich, wie er die Frau intensiv ansah. Trotz schmerzverzerrten Gesichts fiel Walter Schimmel die Schönheit der jungen Mutter auf. Noch nie hatte er ein so faszinierendes Wesen erblickt! Schon viele Male hatte er geschäftlich in Kalkutta zu tun, aber dieses Mal wusste er, dass diese Frau sein Schicksal sein würde. Er winkte den alten Mann, der nun jammernd neben dem Toten stand, zu sich herüber. „Hey, du, Alter, komm!", befahl er in einem Ton, der nicht erlaubte zu widersprechen. Der Alte trottete zum gutgekleideten Geschäftsmann und erhoffte sich eine kleine Geldspende. „Wie heißt die Frau da? Die da mit dem Baby?", fragte er den Bettler. „Das ist Priya, die Liebevolle. So wird sie von uns allen genannt. Aman, die

Hoffnung, der junge Mann ist jetzt tot! Sie waren sehr verliebt", klärte er seinen möglichen Gönner auf. Eine Träne rollte über seine von tiefen Falten zerfurchte Wange. Walter Schimmel warf ihm einen Knopf in die offenen Hände und lachte.

Wanzor schnaufte wild und drehte sich in seiner stinkenden Schlafstelle aus kalter, feuchter Erde und verwester Fäulnis. Das Heu, das er eigens hierhergeschafft hatte, war durchgelegen und bot keine wirklich gute Möglichkeit als Matratze. „Grrrrr, grrrrrr, chzzzz, grpsss", ließ Wanzor verlauten und gähnte. Seine grausigen, gelben Zähne blitzten in der Dunkelheit und er öffnete seine schwarzen Augen, die selbst in diesem Loch intensiv leuchteten. Er hatte geträumt! Schon wieder! In den letzten Tagen war sie ihm immer wieder erschienen. Priya! Er fühlte sich gerädert und aufgewühlt, was seinen emsig arbeitenden Verstand hier unten unglaublich plagte. Als Walter Schimmel hatte er sein Leben unter Kontrolle. Sobald er aber hier in seiner Verdammnis lebte, war es anders. Dass er keine Sprache hatte, nur diese komischen Laute von sich geben konnte und so einen plumpen Körper hatte, machte ihm immer mehr zu schaffen. Zwar waren hier seine Fähigkeiten, was sein Instinkt, seine Sinne, die wie bei einem Raubtier geschärft waren, anbelangte, doppelt so ausgeprägt. Aber, dass er im Zauberland gezwungen war, nur zu denken, und er nichts Anständiges über die dicken Wulstlippen brachte, zermürbte ihn. Sein Traum von Priya ließ ihn zurück in seine Vergangenheit abschweifen.

„Lassen Sie mich, bitte!", flehte Priya und umklammerte ihr kleines Bündel. Walter Schimmel konnte den Blick nicht von ihr wenden. Er war froh, dass sie den geliebten Mann verloren hatte. Nur das Kind war ihm ein Dorn im Auge. Es musste weg! Er hatte nicht lange gefackelt, all seine Beziehungen spielen lassen und schließlich hatte man der jungen Mutter das Baby genommen und es in ein Waisenhaus gesteckt. Nun war der Weg für den immer noch stattlich aussehenden, reichen Mann frei! Wie hatte er um die Gunst der Schönen gebettelt! Er hätte ihr jeden Wunsch von den dunklen leuchtenden Augen abgelesen. Wanzor rieb sich die seinen, die brannten, als er dies alles in seinem Inneren sah. Das einzige Mal in seinem Leben, dass ihm wirklich jemand etwas bedeutete. Nicht einmal seine Schwester konnte mit dieser Liebe mithalten. Kurz flammte in Wanzors Kopf Margaretes Bild auf, dann das von Reto, ihrem Enkel. Wanzor grunzte und schüttelte seine zottige Mähne und er dachte bei sich: „Ein Taugenichts, ein Idiot!" Margaretes Tochter Maria war früh verstorben. So nahm seine Schwester ihren Enkel in die Obhut. „Kein guter Schachzug!"; Wanzor verlief sich in seinen Erinnerungen. Priya stand schon wieder vor seinen schwarzen Augen, innerhalb seiner mächtigen Stirn, und brannte sich ihm ein. Er schrie auf vor Schmerz! „Ich musste es tun! Ich musste sie töten. Das Seil es lag da im Korb; bereit, sein Werk zu vollbringen! Dann hat mich dieses undankbare Frauenzimmer … Sie hat mich verdammt! Diese elende Zauberin hat mich verdammt!" Das stinkende Monster hielt seine Pranken an die Schläfen und heulte in die Nacht hinaus.

Große, grünbekleidete Männer standen am Rande des Floßes und steuerten es mit sechs mächtigen, gusseisernen Paddeln auf dem türkisfarbenen See. Bis auf den Grund konnte man die Schlingpflanzen, die farbigen Blüten und Fische, die von den Gezeiten geschliffenen Steine und die roten Korallen sehen. Die Spritzer der Paddel vermischten sich beim Eintauchen ins silbrigblaue Wasser mit den auf der Oberfläche glitzernden Tropfen. Sie stiegen in die Luft empor und lösten sich in kleinen Feuerwerken über den Köpfen der Reisenden auf. Della, Tanja und die Tiere konnten sich nicht sattsehen! Überall tanzten die Falter ihren Reigen, formierten sich zu immensen Blumengebilden und summten helle Klänge zu einem glockenreinen Choral. Die scheinbar vorbeiziehenden Bäume bogen sich in sattem Grün tief ins Türkisblaue, spiegelten sich fröhlich auf dem glänzenden See und warfen Schatten bis tief in seinen Grund. Hier hatte der liebe Gott nach getaner Arbeit seine Farbpalette hingelegt! Noch niemals zuvor hatten sie eine solche Pracht zu Gesicht bekommen. Sie froren nicht, sie schwitzten nicht, sie fühlten keinen Schmerz und litten nicht.

Tanja lag in Christians Armen und wünschte sich nur noch, Elias dabeizuhaben. Aber er lebte und dieses Wissen machte sie stark.

Jadoo staunte und konnte nicht glauben, in welchem wunderbaren Traumreich seine Mutter Königin war!

Später saßen sie alle auf einem Boden, der so weich wie eine Wolke war. Sie aßen die besten Speisen – frisch gepflückt, geerntet und so zubereitet, dass alle vom Geschmack überwältigt waren. Viele Katzen lagen wohlig, zusammengerollt und schnurrend an ihren Füßen und wärmten diese. Ein Hund tollte mit den Schmetterlingen herum, fing sie sanft mit seinen Samtpfoten, um die kichernde Bande dann wieder freizulassen. Echsi war begeistert! Das war richtig gutes Kino! Er wand sich und hielt sich den Bauch. Ein Rülpsen konnte er gerade noch unterdrücken. Er hatte zu viel von dem herrlichen Plankton gefressen. Aluna stand indessen da und posierte. Sämtliche Bewohner dieses fremdländischen Orts waren begeistert von ihr – das heißt –, eigentlich von ihren wunderschönen, langen Beinen und ihrem tollen Fellmantel. „Tja, ich bin eben schön", meinte sie etwas verlegen und rollte ihre großen braunen Kulleraugen. Ihre Zähne strahlten aus dem samtenen Mund und machten sie unwiderstehlich. Resa warf ihren Zopf nach hinten, Grummel ließ ebenfalls seine kleinen Zähnchen hervorblitzen und alle anderen Anwesenden brachen in schallendes Gelächter aus.

Priya strahlte, denn die unendliche Sehnsucht nach ihrem Kind war gestillt und dass es diesem Kind so gut ging, freute sie maßlos. Sie hatte in ihrem anderen Leben großes Leid erfahren. Auch bereute sie den Fluch, den sie in größter Not an der Schwelle ihres Todes unverzeihlich ausgesprochen hatte. Eine kleine Furche auf ihrer Stirn verriet beim genauen Hinsehen ihre traurigen Gedanken. Ja, auch sie war zwei Menschen in zwei Welten.

Kapitel 15

Retos Träume und ein guter Freund

Reto scharrte mit seinen schwarzen Stiefeln ein Loch in den harten, trockenen Boden, der die Feuerstelle umsäumte. Er war wütend und konnte seinen Ärger nur schlecht im Zaum halten. „Warum nur ich?", dachte er bei sich und fühlte sich wie immer, wenn Onkel Walter ihn beschimpfte, sehr klein und unscheinbar. Er kauerte sich gedankenverloren vor einen großen Stein und sah eine kleine Raupe vor sich hin kriechen. Der winzige, haarige Körper marschierte tapfer mit den vielen Beinchen, ohne sich beirren zu lassen, weiter. Das Insekt beugte seinen langen Rumpf und schaffte es, in eleganten Bewegungen ganz schnell über die Hindernisse zu kommen. „Na, du Kleine", beobachtete Reto das Tierchen aufmerksam und stupste es mit seinem dünnen Zeigefinger an. „Hier kommst du nicht durch, du Winzling!", sprach Reto auf das flüchtige Tier ein. „Wenn du hier langläufst, rennst du, oder was auch immer das für dich ist, direkt in dein Verderben. Die heißen Kohlen da drin", er zeigte auf den schwarzen Haufen in der Feuerstelle, „die werden dich glatt verbrennen." Reto hatte Erbarmen, stupste das Tier gleich nochmals an und verwies es in eine andere Richtung. „Da drüben, da gibt's etwas Moos! Da kannst du bleiben; genug Wasser ist da noch in den Büschen gespeichert und sicher gibt's auch noch etwas zu futtern für dich." Wie wenn das kleine Wesen den dürren Mann mit dem langen, schwarzen Zopf verstanden hätte, blieb es stehen. Reto nahm das Ende seines Geflechts und hielt es der Raupe hin. „Ja, komm schon, steig auf, ich bringe dich zum Moos", flüsterte Reto nun, weil er glaubte, dass leise Töne im Gehör einer Miniatur besser ankamen. Scheinbar leichtfüßig hangelte sich diese auf den Zopf und ließ sich zum Moos tragen. Reto legte seinen Zopf auf das Moosstück und zwickte die Kleine sanft mit Daumen und Zeigefinger. Schwupp! Ein, zwei Schritte und das Tier war im satten Grün verschwunden.

Er atmete auf und fand, dass er das ganz gut gemacht hatte. Das Tier war gerettet und er konnte sich weiter auf die Suche nach dem Mädchen und dem Jungen machen. „Doofe Ausreißer!", dachte er bei sich und blickte sich nochmals um. Nein, nichts war ihm entgangen. Viele Abdrücke fand er da um die Feuerstelle herum verteilt. Er überlegte kurz und sprach vor sich hin: „Es muss sich also um mehrere Personen handeln. Es waren auch Tiere hier!" Die Leute hatten sich hier bestimmt ausgeruht und sicher auch gegessen und sich gestärkt. Das war ihm jetzt klar. Da waren Menschen, die sich ebenfalls, ob zufällig oder nicht, im Zauberland aufhielten. „Vielleicht suchen die ja die beiden Kinder. Bestimmt haben diese Eltern oder zumindest Menschen, die sich um sie sorgen. Aber keine Spur führt von hier weg", rätselte er weiter und beschloss, diese Erkenntnis erst einmal für sich zu behalten. Er streckte den Zeigefinger in die Luft, ließ ihn langsam sinken und folgte ihm in langen Schritten. Der Weg führte nach Norden, dem Licht entgegen.

Träume waren in seinem Leben etwas, an das er sich schon gewöhnt hatte. Irgendwie hatte er gelernt, aus diesen die Essenz zu ziehen. Oft halfen sie ihm, sich selbst und auch seine Mitmenschen zu verstehen. Erst kürzlich hatte Reto geträumt, dass er sich von einem ausgewachsenen, alten Menschen zurück in ein Baby und dann in einen Embryo verwandelt hatte. Am Schluss war nichts mehr von ihm übrig gewesen. Ein seltsamer Traum, der ihm etwas Angst machte. Er konnte sich nicht vorstellen, einfach nichts mehr zu sein. Er räusperte sich, atmete gleichmäßig und marschierte ins Dickicht, das sich jetzt vor ihm auftat.

Zwischen den Bäumen erblickte er eine kleine Gestalt. Aber nur ganz kurz erhaschte er sie. Eine leichte Brise ließ ihn frösteln und er war froh, bevor er sein Heim verlassen hatte, einen langen Mantel angezogen zu haben. Es war Herbst, hier wie dort, in der „normalen" Welt. Aber hier waren die Äste kahl – schon seit er sich daran erinnern konnte. Weiter oben im Norden war es grün; zumindest war es früher so, als er mit Jadoo durch die üppige Natur gestreift war. In der letzten Zeit hatte er auch viel von seinem ehemaligen Freund geträumt. Irgendwie hatte er stets versucht, die Erinnerungen zu vergessen, aber wie das Wort „Erinnerung" schon sagte, schien das Vergessen unmöglich zu sein. Verdrängen konnte man vielleicht, das ging. Aber die Abenteuer und Geschichten ganz aus der Seele zu verbannen, funktionierte nicht. Also flackerten ständig kleine Episoden, wie Filme, vor seinem inneren Auge auf. „Warum jetzt?", fragte er sich. „Ich weiß es nicht!" Zum tausendsten Mal wiederholte er in Gedanken diese Worte.

Plötzlich krallte sich jemand in seine Schulter! Erschrocken und abrupt drehte er sich um, sein Zopf flog rasant um seinen Kopf und verscheuchte einen krächzenden Raben. Dieser schimpfte jetzt und flatterte wie wild um seinen Angreifer. „Kräch, kräch … Pass doch auf, kräch!", krächzte der Vogel. „Ich will dir ja nichts Böses, kräch, kräch! Bin Bonito und hab' dich schon lange beobachtet", beschwichtigte der Rabe Reto und wohl sich selbst auch. „Was willst du? Geh, setz dich auf einen Monsterbaum und lass mich in Ruh'!", Reto war nun vollends aufgebracht. Er brauchte keine Hilfe von dem dämlichen Tier, das sich dann noch getraut hatte, ihn derart zu erschrecken. Doch Bonito ließ sich nicht von seinem Vorhaben abbringen. Er hatte einen Narren an dem ätzenden, komischen Kerl gefressen. Der Mann erinnerte ihn daran, wie er wohl aussehen würde, wäre er ein Mensch geworden. Also eine gewisse Seelenverwandtschaft war da zu finden. Ein Grund, dem Sturkopf beizustehen.

Da der Vogel Reto nicht in Ruhe ließ, versuchte dieser den frechen Kerl zu ignorieren und er durfte wohl oder übel auf seiner Schulter mitreiten. „Pass auf, du tust mir weh mit deinen scharfen, grässlichen Krallen", raunte er über seine Schulter und marschierte des Weges. Im kleinsten Winkel seines Herzens aber freute er sich, nicht allein in der fast aussichtslosen Mission unterwegs sein zu müssen. Er grinste zum ersten Mal seit langer Zeit vor sich hin und guckte, dass der schwarze Passagier ja nicht seine Mundwinkel sah. Aber aufmerksame Raben sahen eben alles! „Gut so!", dachte Bonito und war froh, dass er nicht fliegen musste.

„Ich kann's einfach nicht glauben, Elias!" Wolke war immer noch benommen. „Das war sie wirklich!", stammelte sie überwältigt. Elias' Mund stand offen, seine Augen glänzten verstört und er brachte kein Wort über die Lippen. Nervös nestelte sie an dem Stück Zauberseil und versuchte, sich einen Reim auf Priyas Rätsel zu machen. „Elias, was meinst du? Was meint sie? Ich verstehe das Ganze nicht", gestand sie sich nun ein, sehr ratlos. „D–d–d–du, du musst dich auch beruhigen, ich ja auch. Ach, wären wir bloß nicht in den blöden Heuschober gegangen", meinte Elias nun, nachdem es ihm endlich gelungen war, seinen Mund zu schließen. „Echt jetzt, das war gar keine gute Idee, das mit dem Verlegen der Zootiere", fügte er etwas jammernd hinzu. „Ja atmen, atmen, wie Mama sagt …" Wolke hob und senkte ihre Unterarme und machte, zur Unterstützung der Übung, mit dem Zeigefinger und dem Daumen an der rechten Hand ein Yoga-O. Elias' ernstem Gesicht war es anzusehen, dass er angestrengt nachdachte. Mittlerweile hatte er das eher ängstliche Wesen, das er von Natur aus besaß, beiseitegelegt. Wenn das, dass man, je mehr man sich der Angst stellte, desto weniger hat man sie, stimmte, dann bestätigte sich diese Theorie wohl bei ihm. „Wolke, wart mal! Ich habe da so einen Tipp!", rief er plötzlich und unterbrach dabei die Beruhigungsmethode des Mädchens. Wolkes Gesicht war rot und erstaunt. Sie ließ die Arme und das Seil sinken und blickte ihren Freund an: „Ja? Was denn?"

„Schau, sie will, dass wir das Ende des Seils finden; sie will, dass wir vertrauen; sie will, dass wir …", begann er seine Erklärungen. „Aber, Elias, warum ist sie so schnell wieder verschwunden? Ich verstehe *das* nicht!", unterbrach Wolke. „Vielleicht hat sie Angst vor dem Monster?", antwortete dieser. „Ich glaube, dass das ganz

schön mächtig ist und wir wirklich aufpassen müssen … Denk'
ich mal." Reto verdrehte seine Augen und strich sich durchs zer-
zauste Haar. „Wir sollten zurück, dorthin, wo uns das Untier gefunden hat. Aber, wer weiß, vielleicht sind wir ja auch im Kreis
gelaufen. Es sieht überall gleich aus hier." Jetzt war es an Wolke, ihre Gedanken laut auszusprechen: „Es war ein großer Felsen da; daran kann ich mich noch erinnern. Aber vielleicht hast
du ja recht und alles ist hier ähnlich düster. Das Licht eben war
vielleicht eine Täuschung."

Ganz kurz verließen sie der Mut, die Hoffnung und der Glaube. Dann aber erinnerte sie sich an Priyas Worte, nicht die Liebe und den Glauben zu verlieren. Sie seufzte, wischte innerlich
die trüben Gedanken fort und blickte zum Himmel.

Gerade hatten die beiden beschlossen weiterzugehen, als sie aus
dem kargen Wald vor ihnen ein lautes, zischendes „Meins, meins,
meins, schöööön!" vernahmen.

Kapitel 16

Drohungen und Warnungen

„Ich werde alle töten, die du liebst, wenn du mir in die Quere kommst!" Der Satz hallte in den Ohren, drehte einem die Gedärme um, pulsierte durch die Blutbahnen und gefror einem das Herz. „ … die du liebst, … töten, wenn du mir in die Quere kommst!" Die Worte trafen Wolke wie ein plötzlicher, unerwarteter Schuss durch ihren Körper! Wild durcheinander drangen sie in ihr Inneres und sie wusste nicht mehr, ob das Böse ausgesprochen worden waren oder ob sie selbst es nur gedacht hatte. „Wer war das?", fragte sie flüsternd. „Hä? Was meinst du?", fragte Elias und schaute sich lauernd um. „Ich habe nichts gehört. Was meinst du? Da ist doch jemand, da vorn!" Elias packte Wolke an den Schultern und riss diese mit sich zu Boden. „Hey, was machst du?" Das Mädchen taumelte und erkannte erst jetzt, dass von da vorne wieder der hässliche Zwerg stand. So, wie es aussah, hatte Elias die Stimme nicht hören können. Während beide bäuchlings auf dem Boden lagen und warteten, dachte Wolke angestrengt nach: „Wer würde töten, um so mächtig zu werden?"

Eine ganze Weile lagen Wolke und Elias still in ihrem Versteck und warteten, bis die Luft wieder rein war. Langsam hatte sich Elias an die Situation im Zauberland gewöhnt und bemerkt, dass er immer öfter in vielen brenzligen Momenten richtig gehandelt hatte. Auch dieses Mal waren die Kinder entkommen. Das hässliche Männlein war verschwunden. Zum Glück! „Was meinst du, Elias, wer würde töten, um mächtig zu werden?", knüpfte sie am ursprünglichen Thema an. Sie gab nicht auf, weil sie einfach wissen wollte, was das sein sollte. Dieser verdrehte die Augen, während er kurz nachdachte. „Walter Schimmel!", riefen beide wie aus einem Mund und schauten sich ernst an.

„Den Satz hat mir jemand zugeflüstert", meinte Wolke, während sie einen Fuß vor den anderen setzte und sich jetzt ebenfalls vorsichtig umschaute. „Was zugeflüstert?", Elias' Miene verzog sich. Wolke ertappte sich bei der Vorstellung, wie lauter Fragezeichen um Elias' Kopf tanzten. Unwillkürlich musste sie kichern. „Was ist denn da bitte so lustig?", gab nun der verdutzte Junge in genervtem Ton zurück. „Na komm, Elias, ist nicht so wichtig. Aber jetzt voll im Ernst, jemand hat mir das geflüstert. Die Drohung ist mir so eingefahren. Ich hab' nicht gewusst, woher das kam. Die Stimme kam mir total bekannt vor. Aber echt, ich weiß nicht, ob die Drohung uns galt oder ob es einfach eine Warnung war", schloss das Mädchen ihre Erzählung. Nun hatten beide ihre nächste Aufgabe: Jeder rätselte für sich, um was es hier ging. Während sie wanderten, rief Wolke plötzlich: „Du, ich hab' da so 'ne Theorie! Was wäre, wenn das Monster so was wie ein Doppelleben führte?" Elias sperrte seine Augen auf und gab erstaunt zurück: „Du meinst, das Monster könnte Walter Schimmel sein?"

„Ja, wäre doch eine Möglichkeit; ist allerdings komisch, weil das ja niemand weiß", sinnierte Wolke weiter. „Gut, aber Geheimnisse sind ja da und die weiß ja niemand, ist doch logisch", gab Elias altklug zu bedenken. „Schau, Elias, wir waren im Zoo und dieser gehört dem Schimmel. Dann haben wir auf dem Dachboden des Schobers das Seil gefunden und es uns umgebunden. Weiter … weiter kann ich mich nicht mehr erinnern", erzählte Wolke. „Plötzlich saß ich auf Aluna und du saßt auf Echsi", fasste Elias weiter zusammen. „Und zusammen balancierten wir auf dem Zauberseil", fügte seine Freundin hinzu. „Dann ist da noch Priya, die wir gesehen haben. Sie sah aus wie eine Inderin, findest du nicht auch?" Elias fuhr sich bei dieser Feststellung durchs struppige Haar und seufzte. „Ja, eine gewisse Ähnlichkeit mit meinem Stiefvater besteht schon. Aber, ehrlich, das ist doch schon ein Zufall, oder? Andererseits bin ich überhaupt nicht mehr erstaunt, was hier alles abgeht", stellte Wolke fest. Sie war inzwischen überzeugt, dass die gute Fee Priya ihr die Worte als Warnung eingegeben hatte. Noch wusste sie nicht, warum, aber sie behielt diese Erkenntnis erst mal für sich.

Eine ganze Weile berieten sich die beiden verlorenen Kinder und kamen zum Schluss, dass Priya und Jadoo wohl irgendwie Teile eines Puzzles waren, das sehr schwierig zu lösen war. Doch einen gewissen Stolz auf sich selbst konnten die beiden nicht abschütteln, denn sie hielten sich trotz alledem sehr wacker. Dem Rätsel zumindest teilweise auf die Spur gekommen zu sein, gab ihnen Sicherheit. Ab und zu schauten sie sich an und lachten. Heilfroh, dass sie sich hatten, versuchten sie bei guter Laune zu bleiben. Wenn Wolke ein Tief überkam, half Elias und umgekehrt munterte Wolke den Jungen mit positiven Worten auf, wenn ihn trübe Gedanken plagten. Sie liefen den kleinen Pfad im Wald entlang, immer dem Licht in weiter Ferne entgegen. Ab und zu ruhten sie sich aus und aßen von den Waldbeeren, die an vielen Büschen zwischen den Lichtungen hingen. Von kleinen Quellen, die überall im Wald zu finden waren, tranken sie frisches Wasser. Die fast austrocknenden kleinen Bäche reichten jedoch, um hier zu überleben.

„Meins, meins, das gehöööööört mir, sooooo schöööööön", sprach der hässliche kleine Mann mit hoher Stimme, als er vor den zwei Gestalten stand. Er klammerte seine dürren Finger um den schönen, leuchtenden Stoff. Sofort hielt Elias seine Freundin zurück und sprang nach vorn. Wolke erstarrte für einen Moment. „Wer bist du?", fragte sie mutig. Der Junge bewegte sich nicht und machte ein Zeichen. Wolke verstand und machte ebenfalls keine Bewegung. Es ging etwas vom Männchen aus, das ihnen sagte, dass mit dem Kerl nicht zu spaßen war. Irgendwie giftig! Wolke bemerkte jetzt, dass der Gnom ihr verlorenes Tuch um den dünnen Hals gebunden hatte. Sie konnte gerade noch unterdrücken, ihrem Gegenüber mitzuteilen, dass es sich um ihr Eigentum handelte. Sie schwieg. „Meins, ich bin Hektor; und du musst aufpassen", krächzte das alte Giftzwerglein. „Du auch!", befahl er weiter und wandte sich an den starren Elias.

Dann war er mit einem Satz verschwunden!

„Was sollte denn das?", fragte Wolke nach gefühlt langen Minuten. „Weiß ich doch nicht", schrie jetzt Elias genervt. „Alles in diesem Land ist echt so doof!" Eine Träne kullerte ihm über die Wange. Er wischte sie verstohlen weg und konnte seine Wut und all die aufgestauten Gefühle fast nicht mehr im Zaum halten. Auch Wolke meinte, am Ende ihrer Weisheit angelangt zu sein und setzte sich auf den Boden. Der Junge setzte sich zitternd neben Wolke und legte den Arm um sie. Sie klammerten sich aneinander und weinten zum ersten Mal, seit sie zusammen unterwegs waren. Wie gut und erlösend das war!

Schnäuzend und schniefend schauten sie in die geröteten Gesichter, als um sie herum ein bekannter Duft von Zitrusfrüchten hochstieg. Ihre Augen leuchteten, als Tausende von Zitronenfaltern um sie herumflogen und die anbrechende Nacht erhellten. Eine kleine, goldgelockte Falter-Fee umschwirrte die traurigen Kindergesichter. Sie schüttelte ihre Locken und versprühte ihren Staub genau so, dass sich die Mienen sofort erhellten. Der Staub lief in die tränenden Augen, direkt in die Herzen und wärmte von innen. Die Kinder fühlten sich mit einem Mal geborgen und froh. Dann sprach das Goldlöckchen: „Priya schickt mich. Ich soll euch ausrichten, dass eure Eltern euch suchen. Alle sind zusammen hier im Zauberland und wollen euch finden. Priya muss aufpassen; da ist der böse Wanzor. Er will sie töten. Unsere Königin hat nur in ihrem Traumreich die gute Macht. Habt Acht vor dem giftigen Hektor; er ist grausig in seinen Taten, denn er spuckt Gift, das jeden tötet. Reizt ihn nie und sagt nichts. Wenn er gute Laune hat, lässt er euch leben! Findet das Ende des Zauberseils. Priya hat dir eine Warnung geschickt, du tapferes Himmelswolken-Mädchen." Die Stimme der Falter-Fee wurde immer leiser, bis sie schlussendlich vollends versagte. Das Licht war erloschen und plötzliche Dunkelheit umgab die benommenen Kinder.

Bonito saß auf Retos Schultern, wackelte hin und her und sang sein Lied in krächzender Stimme. Reto war froh, nicht allein in der dunklen Nacht unterwegs sein zu müssen. Die beiden schwar-

zen Gestalten sahen in der Ferne einen hellen Schein und Bonito fragte ein wenig misstrauisch: „Wer das wohl ist? Wer feiert
denn da ein Fest?" „Weiß ich doch nicht, du witziger, alter Vogel", gab Reto zurück und war insgeheim doch sehr neugierig.

Kapitel 17

Der Aufbruch zum Bösen

Alle Tiere und Menschen in Priyas Traumreich waren müde von der langen Reise, den vielen Eindrücken und vor allem dem Tanzen, Singen und dem guten Essen. Resa und Echsi waren schon eingenickt. Das kleine Schweinchen lag wieder zwischen den schuppigen, grünen Beinen der Echse und schlummerte tief und fest. Inzwischen hatte sie bemerkt, dass sie sich da am wohlsten fühlte und tief und traumlos schlafen konnte. Die beiden Mütter Della und Tanja waren nach leisem Geflüster von Müdigkeit übermannt eingeschlafen. Aluna lag ausgestreckt auf dem wolkigen Gebilde, das sich Bett nannte und plauderte schlaftrunken ein paar Liedertexte vor sich hin. Auch sie war bereits ins Traumreich gerutscht und es brauchte nur noch wenig, bis sie ganz hinübergeglitten sein würde.

Grummel, Jadoo und Christian standen auf einem breiten Balkon in der dunklen Nacht und blickten ins Tal. Die Häuser und Wege bildeten einen Stern und die Schatten hoben sich durch das sanfte Licht, das aus den Fenstern leuchtete, ab. Ein atemberaubendes Farbspiel in variierenden Blautönen bot sich den Besuchern. Die hellen Strahlen ließen deren Augen wie kleine tanzende Lichter glänzen. Der kleine Igel blickte in den Himmel und rief ganz verzückt: „Oh! Schaut mal da! Tausende von Sternschnuppen! Es ist, als ob der Himmel uns etwas zuruft." Priya, die im Dunkeln gestanden hatte, bewegte sich langsam auf ihre Gäste zu. „Ja, der Himmel hat immer etwas zu sagen. Die Sterne tanzen heute euch zu Ehren. Ihre Energie fließt euch zu. Ihr alle werdet sie brauchen, denn, was die Sterne sagen, gilt." „Was sagen sie?", wollte Jadoo wissen. Auch er taumelte etwas. „Ihr müsst aufbrechen, ihr müsst das Ende des Zauberseils suchen. Die

Kinder werdet ihr dann finden. Die Sterne helfen euch", antwortete seine Mutter. „Aber, liebe Königin, liebe Priya, wo finden wir das Zauberseil?", fragte Grummel, denn noch arbeiteten seine grauen Zellen logisch weiter. Er war ja ein Polizist! Priya seufzte hörbar und versetzte ihre Zuhörer damit in eine kleine Panik. „O nein", dachte Jadoo bei sich, „nicht schon wieder ein Abenteuer, dessen Folgen man nicht abwägen kann!" „Warte, Jadoo", gab Priya zurück. Jetzt bemerkte Jadoo erst, dass seine Mutter seine Gedanken lesen konnte. Was konnte sie nicht alles! „Es wird nicht einfach sein, aber ihr werdet es schaffen! Denkt an eure Kinder, denkt an eure Welt", tröstete sie ihren Sohn. „Du hast meine Kräfte, Jadoo. Glaub an dich!" Grummel und Christian sahen sich wissend an und nickten. „Wir schaffen das, basta!", meinte der Igel resolut.

„Also, es gibt einen alten Plan, eine Karte", erzählte Priya und die Mienen verfinsterten sich immer mehr. „Das Schwierige ist allerdings ...", die Königin hielt inne und formte einen großen Gegenstand in der Luft. „Eine Schatztruhe!", rief Grummel, der das Rätsellösen gewohnt war. „Nicht so ganz!" Priya fuhr fort: „Es ist eine alte Truhe, die sich hier im Palast in tiefer Erde befindet. Doch zu meinem großen Bedauern ist es nicht ganz einfach, dahin zu gelangen"; ehrliche Traurigkeit war in Priyas Augen zu sehen. „Was ist das Problem?", fragte Jadoo. Interessiert blickten nun die anderen beiden zur Königin. „Ja eben, das Problem, wie du es nennst, ist Gran Gaya Snaka", sprach sie leise, blickte sich um, wie wenn sie sich versichern wollte, dass die, über die gesprochen wurde, nicht gelauscht hatte. „Ach du meine Güte! Wer ist denn das?", wollte Grummel wissen. „Gran Gaya Snaka ist eine uralte Riesenschlange. Sie hat schon gelebt, als vor 66 Millionen Jahren der Meteorit eingeschlagen hat. Sie hat diesen − wie einige Tiere − überlebt, weil sie sich im Mittelpunkt der Erde versteckt hat", erklärte Priya weiter und zum ersten Mal sah man, dass sie großen Respekt vor diesem Tier hatte. Die konzentrierten Zuhörer blickten die Erzählerin erschrocken an. „Dann hat sie es frühzeitig gespürt, als die Naturkatastrophe auf die Erde zukam", warf Grummel, ganz vertieft in die Geschichte, ein. „Ja, man sagt, dass Gran Gaya Snaka alles spürt. Darum müsst ihr vorsichtig sein. Ihr müsst auch warten, bis sie etwas gegessen hat. Wenn sie nicht mehr hungrig ist, wird sie euch leben lassen. Verpasst aber nicht die Gelegenheit! Gute Nacht, ihr Lieben!" Priyas Kraft hatte nachgelassen und nach ihren letzten Worten war sie wie aufgelöst verschwunden.

Jadoos Hals war trocken! „So ein Mist!", dachte er bei sich. Er hasste Schlangen und jedes Mal, wenn er ein Exemplar zu Gesicht bekam, dann versagten ihm die Glieder. Dann stand er wie erstarrt davor und Ekel überkam ihn. Priya hatte ihm erzählt, dass sein Vater von einer Giftschlage getötet worden war. Das verstärkte seine Abneigung noch mehr. Grummel hatte so eine Ahnung, war er doch dabei gewesen, als die Königin aus ihrem früheren Leben erzählt hatte. Auch Christian legte Jadoo die Hand auf dessen Schulter und sprach ihm gut zu. „Schau, Jadoo", begann er, seine Idee zu erzählen, „wir haben doch eine Echse, die ein bisschen wie eine Schlange aussieht und dazu auch noch sehr schlau ist. Das wäre eine tolle Aufgabe für Echsi! Was meinst du?" „Au ja!", rief Grummel begeistert. „Das ist die Lösung! Echsi wird mit Gran Gaya Snaka verhandeln! Eine echt kluge Idee – die hätte von mir sein können", strahlte Grummel und schlug Christian auf den Rücken. „Heh, heh, nicht so wild, du kleiner Stachelbär!", witzelte dieser. Auch er war froh, endlich wieder einmal einen brauchbaren Beitrag zur misslichen Situation zu haben. „Gleich morgen früh erzählen wir Echsi von seinem Auftrag! Grummels Tag war auch zu lange gewesen. Alle verabschiedeten sich und legten sich in traumhafte Wolkenbetten.

Schweißgebadet richtete sich Walter Schimmel auf seinem übergroßen Bett auf. Er schüttelte sich und beugte seinen massigen Kopf nach vorn und dann nach hinten. Schon wieder hatte er geträumt! Die Frau machte ihn noch wahnsinnig! Er rieb sich die roten Augen und erhob sich mit schwerfälligen Bewegungen aus dem Lager. Mit Mühe schleifte er sich ins Bad und schaute in den Spiegel. „Buahhh!", rief er, als er einen hochroten Kopf mit pechschwarzen, kleinen Augen erblickte. „Ich kann froh sein, dass du mir ein Spiegelbild gegeben hast, Vater Teufel!", fluchte er sich spiegelverkehrt an und streckte abschließend seine lange Zunge heraus. Beim Zurückziehen blitzte vorn ein kleiner Spalt hervor. „Der wird auch immer länger", dachte er bei sich und machte sich zum großen schwarzen Kleiderschrank auf. Hier nahm er einen Anzug mit schwarzem Hemd und seinen Umhang hervor. In der ganzen Garderobe stand er nun vor dem Teufelskopf in seinem Büro und drückte auf den kleinen, fast unsichtbaren Knopf zwischen den bösen, funkelnden Augen des vermeintlichen Einrichtungsgegenstandes. Der rote Schädel teilte sich in der Mitte und führte in einen langen, dunklen Schacht. Walter Schimmel lachte donnernd, während er in den schwarzen Schlund trat und sich in Luft auflöste. Die zwei Hälften des Kopfes schlossen sich, als höllisches Gekreische den Raum erfüllte.

Wanzors Gesicht war grauslig entstellt und Walter kämpfte mit seiner anderen Hälfte. Er kannte das, denn ständig war das in seiner Umwandlung so! Er hatte dieses Ungemach, seit er mit dem Fluch der Königin Priya belegt worden war. Wanzor war böse und die gute Seite in Walter musste zuerst beseitigt werden. Denn nur Böses gehörte zum Bösen. Wenn es noch gut war, musste es erst böse werden. Das war so! Wanzor und auch Walter wussten das. Als er sich jetzt fertig in die Person des Schlechten und Bösen verwandelt hatte, marschierte Wanzor Schimmelgurk zu seinem Erdpalast. Die Tür war noch immer offen. Was sollte er sich noch länger darüber ärgern? Er watschelte mit seinen dicken nackten Füßen in seinen übergroßen, alten Ballsaal und setzte sich ächzend auf den grauen, bemoosten Thron. Er musste nachdenken! „Reto ist unterwegs, um die beiden Balgen zu finden. Das ist schon mal gut!", sinnierte er. Wen könnte er noch zur Hilfe zwingen? Vielleicht Hektor? Aber der Giftzwerg ist sehr launisch. Wenn er gut gesinnt war, konnte er nicht nützlich sein. „Ach, das ist eine Hin- und Her-Sache!", wägte Wanzor ab. „Mal sehen, ob ich nicht noch einige gute Würmer hier habe, die ich schicken kann." Er grinste schief und machte sich auf, seinen Großneffen zu suchen. Man musste bestens gerüstet sein, wenn der Feind einem ins Gesicht lachte! Das kannte er nur zu gut! Auch in der anderen Welt hatte er das nur zu oft erlebt. Man kann nie vorsichtig genug sein und nie genug Waffen bei sich im Vorrat haben.

„Na dann", meinte Echsi am nächsten Morgen spitz. Er hatte ziemlich verdutzt in die Wäsche geschaut, als Grummel mit der Geschichte während des Frühstücks, das sie alle zusammen eingenommen hatten, herausplatzte. Die Zitrusfalter flatterten aufgeregt um die Echse. „Eine Schlange bewältigen! Oh, oh, oh!" Echsi fletschte die scharfen Zähne und meinte mutig: „Umarme das Problem!"

Kapitel 18

Der Kampf um den Weg

Resa hatte ihren Zopf auf den Hinterkopf gebunden, denn er durfte während der gefährlichen Mission nicht im Weg sein. Grummel lief dicht vor ihr. Er hatte im großen Jagdsaal der Königin Priya einen langen Stock mit wunderschönen schmiedeeisernen Verzierungen entdeckt und hielt diesen nun in seiner linken Hand. Ab und zu legte er seine Rechte ans Ohr und horchte aufmerksam. Er war froh, eine passende Waffe gefunden zu haben. An Della und Tanjas Rücken hingen je ein Köcher mit Pfeilen und je ein kleiner, handlicher Pfeilbogen. Andere Jagdinstrumente waren in Priyas Raum nicht zu finden. Jadoo und Christian hatten sich mit Schutzschildern und goldenen, übergroßen Pfeilbogen und den passenden Pfeilen ausgerüstet. Aluna und Echsi marschierten mit großen, goldglänzenden Schutzkettenhemden des Weges. Alunas Augen glänzten, denn noch nie in ihrem ganzen Leben hatte sie eine so schöne Kette besessen. Ganz verträumt stelzte sie hinter ihren Gefährten als Schlusslicht her. „Komm, du Schöne!", witzelte Echsi, während er ihr einen bewundernden Blick über seinen langen, grünen Körper zuwarf. Alunas braune, großen Augen rollten hin und her. Sie war sehr stolz auf sich!

So stiegen sie alle vorsichtig die spiralförmige Treppe, die tief in ein dunkles Kellerverlies führte, hinunter. Für Menschen war das nicht so schwierig, aber Tiere mit vier Beinen mussten sich da schon etwas einfallen lassen. Vor allem Aluna mit den langen Stelzenbeinen. Sie hatte aber bereits eine Idee und probierte diese gleich aus. Ihre Vorderhufe legte sie nah beieinander auf das Treppengeländer. Mit ein bisschen Geschick konnte sie bald bremsen und wieder laufen lassen. Die Hinterbeine nahmen abwechslungsweise je eine Treppenstufe. Das konnte sich sehen lassen! Echsi schaute wieder bewundernd und pfiff zwischen seinen scharfen Zähnen hindurch. Er hatte einfach seinen schweren Körper hochgestellt und stieg nun auf seinen Hinterbeinen die Wendeltreppe hinunter. Zwischendurch hielt er verstohlen den Handlauf, zückte aber seine langen Krallen sofort wieder zurück. Niemand sollte wissen, dass er noch nicht so sicher auf zwei Beinen stand! Für die kleinen Tiere war das Treppensteigen nur ein wenig anstrengend. Dies, weil halt die Treppen eher für Menschen gemacht waren. Aber auch die zwei schlauen kleinen Vierbeiner fanden gute Wege, so unbeschadet wie möglich ins Verlies zu gelangen.

„Was hat Priya gesagt?", flüsterte Jadoo leise, aber gerade so laut, dass Grummel ihn noch verstehen konnte. „Wir sollen 699 Treppenstufen hinuntergehen. Dort steht dann eine große Statue. Sie schaut aus wie ein großer Löwe mit einer noch größeren Mähne, die alles verdeckt. Was auch immer sie damit gemeint hat", erklärte der Igel und stampfte mit dem Stock in den Boden, sodass eine nicht unbeträchtliche Staubwolke aufwirbelte. Jadoo hustete trocken und hielt sich die Hand vor sein Gesicht. „Halt, halt, Grummel, nicht so wild! Wir wollen hier ja lebend herauskommen!" Inzwischen hatten sich alle um den kleinen Wald- und Wiesenpolizist versammelt. Irgendwie wirkte dieser mit dem Stab sehr wichtig; das silbrig glänzende Ding verlieh ihm eine gewisse Würde. Resa schaute ihn ganz verzückt an. „Wohin gehen wir jetzt?", fragte Christian und wartete auf einen Rat, der aus irgendeiner Ecke kommen sollte. „Na, ich würde sagen, dass wir einmal hier langgehen", Grummel deutete in die dunkelste Ecke, denn da ging es weiter hinunter. „Wir haben noch nicht einmal die Hälfte geschafft. Wir sind, wenn ich richtig gezählt habe, bei Stufe 312. Aber eigentlich spielt es keine Rolle, denn Priya hat gemeint, am Ende der Stufen befände sich der wachende Löwe." Alle trotteten nun hinter dem Igel her, der sich als erster in die absolute Dunkelheit gewagt hatte. Sein kleines Licht, ein kleiner Zitrusfalter in wichtiger Mission, flog vor ihm her und gab so viel Helligkeit von sich, wie er konnte. Man muss wissen, Zitrusfalter mochten keine Dunkelheit. Es war äußerst mutig vom kleinen Falter, mitzufliegen! Es war auch schön, dass immer ein bisschen frischer Duft die Truppe begleitete.

„Wach auf!" Elias schüttelte Wolke sanft und flüsterte dabei. Das Mädchen schaute verwirrt, war aber erleichtert, in die bekannten, braunen Augen des Jungen zu blicken. „Ach, wie bin ich froh, dass du da bist!", rief sie immer noch benommen, aber dankbar. Was hatten sie beide da gerade erlebt? „Unsere Eltern suchen uns! Sie wissen, dass wir weg sind! Elias, das ist wunderbar! Wir sind bald gerettet! Elias, Elias!" Jetzt tanzte Wolke auf der Stelle. Nein, sie tanzte nicht nur, sie hüpfte auf und ab und konnte sich nicht genug freuen. Elias grinste. Er hatte ein ganz neues Gefühl in sich gespürt! Nämlich, dass er zu vielem fähig war und dass er eine Krise ganz gut meistern konnte. Es erfüllte ihn mit mächtigem Stolz. „Komm, Wolke, lass uns weitergehen und die Absturzstelle finden!", überredete er das nun völlig außer sich stehende Mädchen. „Jaaaa, Elias! Eine super gute Idee!", rief diese nun, hielt das kurze Stück Zauberseil in die Höhe und bemerkte plötzlich ein Eigenleben des Gegenstandes. Es wand und schlang sich um ihre Arme, sobald es in der Luft geschwungen wurde! „Sieh mal, Elias! Es bewegt sich von selbst!", rief sie aufgeregt. „Es dreht sich in diese Richtung", fügte sie erklärend hinzu. „Ja!" Elias staunte nicht schlecht! Tatsächlich zeigte das Seil in eine einzige Richtung. „Geht dort lang!", sagte es. Wolke hielt es weiter hoch und beide Kinder folgten ihm durch das dürre Gestrüpp.

Es wurde immer kälter hier unten. Je länger die Gefährten Treppen stiegen, desto eisiger wurde es. Oben hatten sie nie gefroren, aber jetzt war es feucht und es roch irgendwie bitter. „Das ist aber bitter hier unten", bemerkte Aluna und musste niesen. „Gesundheit!", riefen alle Freunde wie im Chor. Wieder wirbelte Staub hoch und alles sonst rundherum war still. „Ein unfreundlicher Ort", meinte Resa, die nur freundliche Orte mochte. Der Staub hatte nicht aufgehört zu wirbeln. „Psst! Seid doch ein bisschen still", mahnte Grummel und hielt seine Hand wie ein Stoppsignal hoch. Alle verstanden sofort, bewegten sich nicht mehr und gaben keinen Mucks mehr von sich. „Aye, aye, Sir!", dachte Echsi und konnte sich nur mit Mühe beherrschen, nichts mehr einzuwenden.

Die Ruhe bewirkte, dass sich der Staub und die trockene Erde wieder zu Boden setzten. Der kleine Falter gab sein bestes Licht und vor ihnen allen stand ganz plötzlich eine riesengroße Statue. Es war die Löwenstatue, von der Priya gesprochen hatte. „699 Stufen", flüsterte Resa, die als erste die Worte wieder gefunden hatte. „Aha, wir befinden uns also auf Stufe 700", bemerkte Grummel, wieder einmal ganz der Ermittler, trocken.

Ein komisches Geräusch, hohl wie aus einem Loch, drang zu ihnen durch. Sicher war, dass es sich sehr, sehr gefährlich anhörte. Aluna verzog sich, genau wie Resa, ängstlich hinter Echsi. Das Herz der grünen Echse pochte nun laut, vielleicht so laut, dass es alle hören konnten. „Passt auf, jetzt komm' ich dran!" Echsi trat einen Schritt nach vorn – und dies so bestimmt wie möglich. Niemand sollte Zweifel an seiner Mission haben. „Umarme das Problem!", schnaubte er, als sein schleimiger Geifer aus dem riesigen Maul tropfte. Noch niemals zuvor hatte Aluna ihren Freund so gesehen! „Uiuiui!", dachte sie bei sich und senkte ihren langen Hals. Auch sie verstand jetzt keinen Spaß mehr. Giraffen konnten auch ganz schön stark sein!

Keinem der Anwesenden war die Angst anzumerken. Sie standen in einem Halbkreis vor dem Löwen und warteten angespannt, bis sich etwas bewegte. Plötzlich öffnete sich der Rachen des Löwen. Ein donnerndes, ohrenbetäubendes Brüllen erfüllte die dunkle Tiefe und ließ alles erzittern! Vier goldene Pfeilbogen waren gespannt, vier spitze Pfeile und eine lange silberne Spitze blitzen im kleinen Licht des Zitrusfalters. Alle waren bereit! Langsam und Schritt für Schritt traten die Kämpfer mutig ins schwarze Loch und folgten dem schmalen Weg ins Innere.

Eine ganze Weile liefen die sechs Gestalten hintereinander her und verließen sich auf Jadoo, den Anführer, und auch ein bisschen auf ihren Instinkt. Dieser war nämlich im Laufe der ganz Reise ziemlich geschärft worden. Die Augen hatten sich allmählich an das spärliche Licht gewöhnt. Der kleine Zitrusfalter gab sein bestes und manchmal musste er eine Pause machen, um Kraft zu tanken. Dann war es kurz pechschwarze Nacht um sie. Doch erfreut gingen sie weiter, als das kleine fliegende Wesen wieder um sie herumflatterte. Wie wichtig Licht doch war, um nicht in Angst zu versinken!

„Da kommt wer! Krächzzz, krächzzz!", rief Bonito und krallte sich vor Aufregung in Retos Schultern. „Auaaa, hör doch auf! Du tust mir weh, du alter Vogel-Sack", schimpfte er müde und gehässig. Bonito flog auf und flatterte wild krächzend umher: „Da kommt wer, Freund Reto, da kommt wer!"

Reto hielt sich die Ohren zu und rieb sich dann die Augen. Der Weg in die Höhle zur siebenhundertsten Stufe im Verlies des Traumschlosses der Königin Priya war beschwerlich und ein richtiger Kampf gewesen! Doch was nun folgen sollte, war noch viel schlimmer und kräfteraubender als jemals zuvor. Das war ihm klar – so klar, wie er Reto hieß!

Kapitel 19

Gran Gaya Snaka und der Freund

Der Raum war dunkel. Nachdem Reto seinen gefiederten Freund zur Ruhe gemahnt hatte, versteckten sich die beiden hinter einem großen Steinblock, der die Form einer riesigen Schachtel hatte. „Psst, das ist das Grabmal der Tausend Königinnen", erklärte der schwarz gekleidete Mann flüsternd. „Hab' doch gedacht, dass das hier wie ein Deckel aussieht", krächzte Bonito ebenso leise und deutete mit seinem schwarzen Flügel auf die genannte Stelle. „So viel ich informiert bin, sollen hier die guten, verstorbenen Seelen ruhen. Gran Gaya Snaka bewacht das alles hier", erklärte Reto weiter. „Es ist von einem Plan, einer Karte, auf der das ganze Zauberland eingezeichnet ist, die Rede. Also so hat es mir meine Großmutter erzählt. Ich habe das geglaubt, bis ich erwachsen geworden bin. Später habe ich gedacht, dass ich das alles bloß geträumt habe." Er seufzte versunken in seine Gedanken. „Siehste, was du jetzt davon hast?", gab Bonito spöttisch zurück. „Ja, du hast recht, Bonito, das ist wirklich kein Traum hier. Aber ich habe mich daran gewöhnt, dass alle mich komisch finden", sagte Reto jetzt in einem fast traurigen Ton. Plötzlich bückte sich Reto und Bonito ging ebenfalls in Deckung. Ein leises Zischen, das immer hörbarer wurde, erfüllte die hohlen Räumlichkeiten. Ab und zu war ein lautes Klatschen an Felsen zu vernehmen, was ein beängstigendes, donnerndes Echo auslöste. Bonito hielt sich die Ohren zu und Reto kauerte sich noch enger in sein Versteck.

„Zschschschsch, zschschschsch …", hallte es lauter und lauter aus dem schwarzen Gang und plötzlich war es mucksmäuschenstill! Die Erde bebte und aus der anderen Ecke stampfte ein riesiges grünes Untier, das einem Drachen ähnlichsah, auf das große Grabmal der Tausend Königinnen zu. Ein goldenes Kettenhemd, das an der Brust des Tiers herunterhing, blitzte im kräftigen Licht des herumschwirrenden Zitrusfalter auf. Erhaben wie ein Sonnenkönig stand die Riesenechse jetzt vor dem Grab! Eine lange, gespaltene Zunge zischte aus der Dunkelheit – hin und wieder zurück, hin und wieder zurück! Ein rasselndes Geräusch unterstrich das gefährliche Spiel. Im Dunkeln konnte man weitere schattenhafte Gestalten erkennen – eine Giraffe, einen Igel und ein paar Menschen, die sich am Boden einigermaßen sicher versteckten. Ein Mann trat nun mutig ins Licht. Immer wieder zischte es hinter der Grabstätte hervor, begleitet vom gefährlichen Rasseln des Schwanzes der Riesenschlange Gran Gaya Snaka.

„Das ist doch Jadoo!", dachte Reto plötzlich wie vom Blitz getroffen und konnte sich kaum zurückhalten. Doch Vorsicht war geboten! Bonito steckte seinen Schnabel in Retos Zopf. Er wollte keinesfalls, dass der unbedachte Kerl jetzt einfach losrannte. Das hätte ihn das Leben kosten können! Reto hatte verstanden. Seine Zeit war noch nicht gekommen. Also blieb er in seiner Position und beobachtete das Schauspiel.

„Zschschsch, zschschsch. Kooommmm zzzu mirrr!", zischte Gran Gaya Snaka laut. Ihre Sprache klang wie tausend Echos und hallte wie ein wilder, tosender Wasserfall in den Ohren der Anwesenden. Echsi ließ sich nicht beirren und fasste allen Mut zusammen. „Wie steht es, große Gran Gaya Snaka, bist du hungrig?", fragte er in einem festen Ton. „Waaaruuummm fragssssssst du?", gab diese erstaunt zurück. Diese einfache Frage hatte sie nicht erwartet. „Weil ich genau weiß, wie sich das anfühlt!", antwortete Echsi und inzwischen war er sich nicht mehr so sicher, ob er seine Sache richtig angepackt hatte. Aber sein goldenes Kettenhemd schimmerte so sehr, dass seine grüne Schuppenhaut noch mehr glänzte. Das gab ihm neuen Antrieb. „Ich bin auch immer hungrig", fütterte er die Schlange mit scheinbar unnötigen Informationen. Wieder klatschte die Schwanzspitze des Reptils an die Felswand und wieder war ein donnerndes Echo zu vernehmen. Gran Gaya Snaka erhob ihren gewaltigen Vorderleib und schlängelte sich behände hinter dem Grabmal der Tausend Königinnen hervor. In ihrer ganzen, gewaltigen Größe stellte sie sich jetzt auf und alle erschraken zutiefst.

Resa fiel in Ohnmacht und Grummel tätschelte verzweifelt die roten Wangen seiner Freundin. Aluna stellte ihren ganzen Körper als schützendes Dach über die kleine Sau. Della und Tanja halfen, ganz außer sich, das arme, kleine Tier wiederzubeleben. Christan indessen hielt Jadoo, der jetzt so unglaublich angespannt dastand, am Oberarm fest. „Bitte geh nicht, Jadoo, es ist zu gefährlich!", warnte er den Freund. Aber Jadoo wollte Echsi helfen. „Ich muss es tun! Ich muss helfen und uns retten!" Mit seinem goldenen Pfeilbogen, auf dem ein blitzender, scharfer Pfeil gespannt war, trat er zur Echse. Breitbeinig stand er nun neben der angsteinflößenden, aufrechten Gestalt und fixierte die große Feindin mit seinem starren Blick. Gran Gaya Snaka zischte und gab ihre grässlich gespaltene, meterlange Zunge frei. Sie wollte alle in die Knie zwingen und war sich bewusst, wie angsteinflößend sie war. Wieder richtete sie sich auf, spie die Worte aus ihrem Mund und ließ dabei ihre beiden scharfen, langen Giftzähne hervorblitzen. „Duuu wagssssssst essss, mich anzugreifen, zsssssss?", spuckte sie bedrohlich aus. Echsi war nun noch mutiger, als er die Verstärkung bemerkt hatte. „Nein, Gran Gaya Snaka, ich habe dich doch nur gefragt, ob du hungrig bist", meinte er ruhig. Die Riesenschlange staunte und wirkte jetzt für eine Sekunde etwas irritiert. „Nein", antwortete sie jetzt zu aller Erstaunen ebenso ruhig. Doch so ganz trauten sie ihr alle nicht. Sie sah zu furchterregend aus. „Ich habe gerade fünfundzwanzzzzzzzzzzzig Kellerwürmer gegesssssssssssen. Äußßßerst schmackhaft, muss ich dazzzzzzzzzu sagen, zssssssch…", fügte sie hinzu und ließ es sich nicht nehmen, auf ihren dicken Unterbauch zu zeigen. „Gott sei Dank!", dachte Grummel und atmete sichtlich erleichtert auf! „Sie hat gefressen!", flüsterte er der inzwischen erholten Resa zu. Aluna und den beiden Frauen war ein Stein vom Herzen gefallen.

„Aber, ich hätte nichtsssssssssssssss dagegen, ein Dessssssssert zu verspeissssssssssssen, zschschsch …", sprach die Schlange nun und holte alle wieder auf den Boden der Tatsache. Die Lage hatte sich noch lange nicht entspannt!

Jadoos Oberarm brannte, denn er hielt seinen Bogen schon eine ganze Weile gespannt. „Wenn die noch lange so rumzischt und rumschleicht, kann ich bald nicht mehr", dachte er genervt. Kaum gedacht, sprang ein Mann, ganz in Schwarz gekleidet, aus einer dunklen Ecke des Raumes und stellte sich neben ihn. „Hallo Jadoo!", grüßte dieser kurz und nahm sein in Leder gebundenes, spitzes Messer hervor. Auch das blitzte im Licht des Zitrusfalters. Breitbeinig standen nun die drei Kämpfer vor der verdutzten Riesenschlange. Diese konnte es kaum fassen! Da standen drei Krieger, die es wagten, sich mit ihr, Gran Gaya Snaka, anzulegen! Dann war da einer darunter, der ihr etwas ähnlichsah, aber Beine hatte. Was um alles – im Namen der Königin Priya – war das eigentlich?!

„Wo kommst du denn her?", fragte Jadoo seinen alten Freund. „Warum bist du hier? Ich verstehe das nicht." Jadoo versuchte, sich aufrecht zu halten. Aber es fiel ihm schwer und plötzlich versagten seine Beine. Er fiel zu Boden. Gran Gaya Snaka hielt dies für eine böse Kriegsstrategie und fauchte wild aus ihrem Rachen! „Erzähl ich dir später!", rief dieser und ergriff blitzschnell den goldenen Pfeil, der vom Bogen gefallen war und rannte auf die Riesenschlange los. Echsi war inzwischen vor ihrem dicken Bauch und stieß mit seinen scharfen Krallen so stark in den Wulst hinein, dass die Schlange laut aufschrie. Unfähig, sich zu wehren, schlang Reto das Stück Bogenseil, das er mit seinem Messer abgetrennt hatte, um den Hals der sich windenden Gran Gaya Snaka. Die Schlange hatte eine sehr schlechte Verdauung, denn die Kellerwürmer traten alle von innen gegen ihren Magen und verursachten ihr höllische Bauchschmerzen. Gran Gaya Snaka gab sich geschlagen.

Nachdem alle mitgeholfen hatten, das sich windende Tier in den Eisenkerker, der sich im Verlies befand, zu sperren, setzten sich

Reto und Jadoo auf den Deckel des Grabmals der Tausend Königinnen. „Wahnsinn! Dass wir uns hier wiedersehen, das ist unglaublich", Jadoo schüttelte ungläubig den Kopf. „Tja, man sieht sich immer zweimal im Leben. Einmal Freund, immer Freund", gab dieser nachdenklich zurück.

Kapitel 20

Alle gegen einen

Jadoo war immer noch etwas schwindlig. Er saß überwältigt von seinen Gefühlen neben Reto und blickte auf seine baumelnden Beine. „Was hast du denn so gemacht in deinem Leben?", fragte er seinen ehemaligen Freund. „Oh, ich hatte viele Jobs. Vom Tellerwäscher bis zum Automechaniker habe ich fast alles gemacht. Aber es hat mich nirgends lange gehalten. Ich hab' mich sogar einmal als Immobilienmakler versucht", grinste Reto verlegen. „Und du? Was machst du so? Und vor allem, was machst du hier?" „Ich bin hier wegen meiner Stieftochter Wolke. Sie ist mit ihrem Freund Elias ins Zauberland verschwunden. Wie du ja weißt, gibt es im alten Schober des Zoos einen Durchgang", erklärte er und versuchte immer noch, seine wild durcheinander geratenen Gedanken zu ordnen. „Das habe ich vollkommen verdrängt, das mit dem Zoo", wandte Reto ein. Plötzlich begriff er! „Ach, dann war das deine Tochter, die ich suchen sollte?", rief er erstaunt. Langsam fügten sich die Puzzle-Teile zusammen. Onkel Walter wollte die beiden Kinder zurück! Er würde weiß Gott was mit ihnen anstellen! Jadoo fragte nun ebenfalls sehr erstaunt: „Du hast die beiden gesehen?" „Nein, so direkt nicht", gab Reto zurück, „ich habe nur den Auftrag von meinem Onkel gekriegt, die beiden wiederzufinden. Sie sind ausgebüxt. Der alte Sack hat sie, als sie im Zauberland waren, entführt. So hat er es mir jedenfalls aufgetischt." Er wischte sich den Schweiß aus der Stirn und seufzte beim Gedanken an das Untier, in das sich Walter Schimmel immer wieder verwandeln musste.

Eine ganze Weile saßen die beiden so da und Reto konnte nun sein Herz erleichtern, in dem er alles, was er wusste, erzählte. Das war vielleicht gut! Della, Tanja, Christian und alle Tiere saßen in einer dunklen Ecke und beobachteten die beiden Männer, die auf dem Deckel des Grabmals der Tausend Königinnen saßen. Resa hatte sich dank der vielen gut gemeinten Worte ihrer Freunde vollkommen erholt. Aluna war froh, dass es Echsi so gut ging. Und dieser nahm gerade ein Bad in seinem Siegestaumel und schien überhaupt nichts mehr mitzubekommen. Nur Grummel stand da und grübelte: „Wir müssen uns beeilen und endlich den Plan finden! Bei allem Verständnis kann es nicht sein, dass da alle herumsitzen und Wiedersehen und Sieg feiern. Wir haben doch eine Mission!" Er stellte sich auf die Hinterbeine und rief aus vollem Hals: „Hey Leute! Ich will euch ja nicht drängen, aber es ist an der Zeit, loszumarschieren! Wir sollten unbedingt den Plan finden!" „Nichts leichter als das!", rief Reto und sprang mit einem Satz vom Grabmal. „Ich weiß zufällig genau, wo der sich befindet. Hilf mir mal, Jadoo!", fügte er an. Jadoo sprang ebenfalls hinunter und zusammen hievten die beiden starken Männer den Deckel des Grabmals hoch. „So geht's nicht!", meinte dieser dann schweratmend. „Nein, wir müssen schieben", wandte Reto ein.

„Ist schon toll, dass wir nun das Seil haben, das uns den richtigen Weg weist", meinte Wolke heiter. „Ja, echt", bestätigte Elias fröhlich. Die beiden Kinder wanderten schon eine ganze Weile durch das ausgetrocknete Gestrüpp, das immer wieder einmal in Landschaftsabschnitte mit dürren meterhohen, kahlen Bäumen überging. „Eigentlich ganz schön", stellte Wolke fest. „Ich finde zwar, dass etwas Grün hier nicht schaden könnte …" Elias nickte und dachte bei sich: „Wenn wir doch nur endlich das Ende des Zauberseils fänden!" Aber er behielt diesen Gedanken für sich. „Du, Elias, ich bin ehrlich ganz stolz auf uns. Aber am meisten stolz bin ich auf dich. Irgendwie hast du dich verändert. Oder vielleicht meine ich das nur?" Wolke schaute den Freund fragend an. Elias zuckte seine Schultern und blieb stumm. Er war verlegen. Wolke lief ruhig weiter und hielt sich ihren Bauch. Wenn sie nicht bald etwas Anständiges zu Essen kriegten, würden ihr alle Kräfte versagen. „Ob das Elias auch so geht?" Dieser musste sich schon sehr lange zusammennehmen, denn der Hunger plagte ihn ebenfalls. Man konnte ja schließlich nicht literweise Wasser trinken und nie etwas essen. Na ja, gegessen hatten sie schon etwas, aber leider nur tonnenweise Beeren. „Na, von den Beeren wird man nicht satt. Ich hab ja schon einen roten Kopf!", jammerte er nun etwas gespielt. „Woher ...?" Wolke schaute ihn fragend an. „Also echt, Wolke! Das ist wohl nicht zu übersehen! Wir beide haben claro extrem Hunger!", gab Elias standhaft zu. Wolke nickte und hielt sich den rumorenden Bauch. Sie beschlossen, noch etwas zu gehen und beim nächsten Unterschlupf zu rasten.

„Schau mal, Elias! Da vorne steht ein Korb. Was da wohl drin ist?" Wolke rannte von ihrer restlichen Energie getrieben zum Korb hin. Elias war nun auch bei diesem angekommen. Die beiden schoben ein verschlissenes Tuch, das den Inhalt verdeckte, beiseite und blickten neugierig hinein. „Was ist denn bitte das?!", riefen sie im Chor. Ein großer Laib Brot, Käse, Wurst und einige saftige, rote Tomaten befanden sich darin. Elias wühlte bis zum Grund und entdeckte zwei Tafeln Schokolade. „Ei, ei, ei, das ist für uns, Wolke! Meinst du, dass wir das nehmen dürfen?", rief er fragend. „Siehst du sonst irgendein lebendes Wesen hier?", gab Wolke etwas entnervt zurück. „Das ist definitiv für uns!", beschloss sie und setzte sich neben den Korb. Elias tat es ihr gleich und voller Appetit aßen die beiden von den guten Speisen – solange, bis sie fast platzten. Dann legten sie sich hin und schliefen sofort ein.

Die beiden Männer schoben die schwere Platte so weit nach hinten, wie es ging. Sie achteten darauf, dass nichts in die Brüche gehen konnte. Das waren sie den Ruhenden im Grabmal der Tausend Königinnen schuldig. „Kommt ihr mal, ihr kräftigen Kerle?", rief Jadoo seine tierischen Freunde. Echsi taumelte zum Grabmal und Aluna stakte ebenfalls dort hin. Auch Tanja und Della halfen mit. Nur Resa hatte Hilfeverbot, da sie sich noch in ihrer Erholungsphase befand. Sie schnaubte aber laut mit und zählte: „Eins, zwei, drei!", feuerte sie die Truppe an und fuchtelte gestikulierend mit ihrem langen Zopf. Die Hochsteckfrisur hatte natürlich überhaupt nicht gehalten. Na, bei diesem Stress war das doch klar!

Der Spalt war nun so weit geöffnet, dass ein schmaler Mann wie Jadoo ins Innere der Kammer gelangen konnte – was dieser dann auch tat. „Du musst alles ein bisschen wegräumen. Da hinten – da", gab Reto Anweisungen, „ist eine Rolle. Sie ist etwa 50 cm lang und hat ein Siegel drauf. Das ist die Karte, der Plan des Zauberlandes mit all seinen Ausgängen." Jadoo fand sie gleich, packte sie und sprang mit einem Satz aus dem Grabmal der Tausend Königinnen. Bei aller Ehre, aber er war froh, aus dem engen Ding wieder zurück auf „normalem" Boden zu stehen. Siegesbewusst stand er da, in seiner Rechten hielt er das eingerollte, alte Papier und strahlte alle an. „Ich hab' sie!", rief er. Plötzlich donnerte es ohrenbetäubend. Der Zitrusfalter zitterte und verlor sein Licht. In tiefster Dunkelheit standen nun alle da und konnten sich nicht bewegen. „Rauuuuuus!", schrie Grummel als erster. Der Zitrusfalter fasste sich und gab wieder kleine Funken von sich. „Dem Falter nach und raus!", rief Grummel nun noch lauter. Alle stürmten dem Zitrusfalter nach. Das war nicht so schwierig, denn er verströmte wieder diesen intensiven Duft von Tannennadeln und Zitrusfrüchten. Aluna, Echsi, Resa und alle restlichen Gefährten rannten wie um ihr Leben aus dem schwarzen Verlies. „Zschschsch…", züngelte Gran Gaya Snaka und donnerte erneut ihren Schwanz gegen die Felswand. „Jaaaaa, laufffffft um eure Leben! Im Namen des Grabmals der Tausend Königinnen und der Königin des Traumlandes Priya, zsssssssssss…!" Das Donnern hatte erst begonnen und das Echo verstärkte den erbarmungslosen Lärm! Gran Gaya Snaka hatte verdaut.

„Hier, nimm, Jadoo!", rief Reto, während er rannte und Jadoo fasste einen zerknüllten Zettel. Er wollte den Freund am Arm packen, als ein tornadoähnlicher Windstoß den schwarzen Mann der Gegenwart entriss und ihn vollkommen einhüllte. Reto schrie wie wild: „Geht, Freunde, und rettet euch! Lasst mich, ich komm schon klar!" Mit einem Mal war alles still. Die Gefährten standen vor dem großen Löwenkopf, der mit seiner gewaltigen Mähne den ganzen Raum ausfüllte. Sie schauten sich alle benommen an und konnten wieder einmal nicht fassen, was da eben gerade passiert war. Jadoo fühlte nur noch, wie sein Herz pochte. Im Gleichklang wie das Stück Papier, das sich in seiner Hand befand.

Kapitel 21

Angst und Freiheit

Die breite Gestalt trottete schwerfällig durch den düsteren Wald. Es sah aus, als ob ein Urmensch in gebückter Haltung ging und dabei einen riesigen schwarzen Schatten warf. Ein paar mutige Sterne funkelten hoch am Firmament. Doch ansonsten war alles still und sehr unheimlich. Das Wesen grunzte unverständliche Worte vor sich hin und schnaufte schwer. Immer wenn eine Tatze den Boden berührte, bebte die ganze Umgebung. Wer sich in dieser dunklen Nacht herauswagte, musste wirklich angstfrei sein oder sich zumindest gut verstecken können. Der Wind blies und wirbelte umher, und er flüsterte unheimlich seinen Vers: „Ich komm', ich komm' und fege, fege, fege alles weg. Fort, fort, fort ..." Wanzor hob seine Pranke und schlug gegen ihn. „Verschwinde! Hau ab!", dachte er und fügte unanständige Flüche hinzu. Er grunzte und ächzte dazu. Keine einzige Spur zu den Kindern hatte er bisher gefunden. Nur eine lang erloschene Feuerstelle mit einer ganzen Menge von Fußabdrücken von Tieren und Menschen. Alles durcheinander. Keine weiteren Hinweise. Das ärgerte ihn! Er dachte wieder einmal angespannt nach. Es mussten Menschen sein, die ins Zauberland gelangt waren. Es könnte schon sein, dass die entwischten Bälger irgendwie von jemandem gesucht wurden. Schließlich kamen die ja von irgendwoher. Das war ja klar! Warum nur hatte er das nicht schon früher bedacht? Aber, zum Donnerwetter nochmal, wer hatte die dreisten Kerle denn hierhergebracht? Das Geheimnis des Zauberlandes war nicht vielen Menschen bekannt. Und, dass das Tor hierhin durch eine einfache Scheune im Zoo der Stadt war, wusste ebenfalls niemand. Seine Schwester Margie und er waren seit Generationen, seit der Zoo in die Hände der Familie gekommen war, davon unterrichtet worden. So musste Margie auch ihrer Tochter Marie und diese deren Sohn Reto davon erzählt haben. So viel stand fest.

Der hässliche dicke Gnom stampfte nun dreimal kräftig auf den Boden und jaulte wie ein Wolf: „Uhhhhhh, uhhhhh …!" Er blickte mit seinen schwarzen Augen umher und konnte im knorrigen Gebüsch eine kleine Gestalt ausmachen. Diese trat nun mit einem Satz hervor und verbeugte sich demütig vor Wanzor. In seiner Sprache, die hier im Zauberland von allem Bösen verstanden wurde, sprach er: „Hektor, da bist du ja, du elende Ratte!" Dieser stand nun da und schaute Seine Majestät scheinheilig an. „Jaa, großer, böser Meiiiiiiister, da bin ich, ich Hektor!", sprach er in honigsüßem Ton. Spielerisch wickelte er abwechslungsweise die Enden des rot schillernden Tüchleins, das er um den dürren Hals trug, um seine langen, hässlichen Finger. Ein breites Grinsen prangte aus seinem Gesicht und zeigte sein fast zahnloses Gebiss. „Schöööööön, meins, mein, meins!", rief er jetzt besitzergreifend und fuchtelte in Richtung Seine Majestät. „Woher hast du das, du Wicht?!", schrie jetzt Wanzor in bösem Höllisch. „Meins, meins, meins!", gab Hektor zurück und rannte behände weg. Wanzor lief hinter ihm her. Aber sein Gewicht hinderte ihn, dem wendigen Kerlchen nachzukommen. Dieser spukte nun und überall, wo er hin traf, verbrannte alles auf der Stelle und kleine Rauchwölken stiegen auf. Er wusste ganz genau, dass er Wanzor ein bisschen reizen durfte, denn der mochte das Gute überhaupt nicht. Wieder grinste Hektor frech und blieb abrupt stehen. „Das hat mir ein Igel gegeben, meins, meins. Ich hab' es mir verdient", log er. „Was hast du?", hakte Wanzor nach. „Meins, meins, der Trottel hat's mir gegeben. War da mit anderen Tieren und Menschen", erzählte er weiter. „Menschen und Tiere und was sonst noch? Was weißt du noch?" Wanzor war nun sichtlich wütend. Sein Gesicht war rot vor Zorn und Anstrengung. Wie schon so oft loderten seine schwarzen Augen, Dampf stieg aus seinen großen Nasenlöchern und an seinem Kopf schwollen überall Beulen. Er sah angsteinflößend und grauenvoll aus. Jetzt, wusste Hektor, war er einen Schritt zu weit gegangen!

Langsam, nachdenklich und froh, der Riesenschlange Gran Gaya Snaka vorerst einmal entkommen zu sein, stiegen die Gefährten die steile Wendeltreppe mit 699 Stufen hoch. Sie alle hielten ihre Köpfe gesenkt, weil sie jeden Tritt sehen wollten. Der kleine Zitrusfalter hatte fast keine Kraft mehr, um ihnen das notwendige Licht zu spenden. Er bemühte sich sehr und der Gedanke an die Freiheit spornte ihn an, alles zu geben. Jadoo war immer noch sehr benommen, hatte sich aber körperlich gefasst und hielt das Stück Papier, das ihm Reto vor seinem Verschwinden zugesteckt hatte, fest in seiner rechten Hand. Er hatte es noch nicht gewagt, einen Blick darauf zu werfen. Er hatte sich vorgenommen, dies gleich, wenn sie sich alle in der Freiheit befanden, zu tun. Außerdem wusste er nicht, wer in Gottes Namen alles die Szene mitbekommen hatte. Er war sich sicher, dass niemand im Gewirr des Kampfes auch nur einen Moment gesehen hatte, was genau passiert war. Er schwieg vorerst einmal.

„Welchen Tritt haben wir jetzt?", fragte Echsi erschöpft. „Weiß nicht so genau, etwa so Tritt 266", antwortete Grummel, der echt auch an seinen Grenzen war. Resa seufzte und Aluna stakte, ohne auch nur einen Ton von sich zu geben, weiter. Es war äußerst mühsam für die Giraffe, doch die Aussichten waren gar nicht so schlecht. Sie alle hatten die alte Karte, die Grummel, flink und behände wie er war, noch vor Retos Verschwinden ergreifen konnte. Gran Gaya Snaka war gefangen – wenn man das so nennen konnte – und sie alle waren am Leben. Das mit dem Freund von Jadoo war echt nicht schön, aber alles konnte man eben nicht haben. Außerdem war da noch der schwarze Rabe, der ständig herumkrächzte und alle fast verrückt machte. Ob das nun ein neuer Freund ist, sei dahingestellt. „Bonito! Wer heißt schon Bonito!", dachte Aluna weiter und wunderte sich, dass sie ihren Mund halten konnte. Manchmal war eben Schweigen Gold! Das gefiel ihr und ein kleines Lächeln umspielte ihren weichen, samtigen Mund.

„Krächzzzz, krächzzzz, krächzzz, hahahahah …", rief Bonito, denn das hatte er eben noch mitbekommen. Er fand, dass Aluna schon sehr speziell war. Vielleicht sollte er sie zu seiner Freundin machen? Diese schaute den schwarzen gefiederten Gesellen an und verdrehte gelangweilt ihre Kulleraugen. Auch Echsi hatte alles beobachtet und rief nun: „Lass ja die Finger von ihr, du Mistvogel."

„Wir haben's geschafft! Wir sind da!", schrien die beiden Späher der Truppe Jadoo und Grummel. „Endlich frei!", flüsterte Resa wieder einmal der Ohnmacht nahe. Blendend helles Licht traf alle. Sie hielten sich schützend die Hände vor die Augen, als alle, einer nach dem anderen, aus dem Verlies in die Freiheit traten. Christian nahm die zitternde Tanja in seine Arme: „Jetzt wird alles gut, Liebes." Diese schaute ihren Mann zweifelnd an und antwortete: „Ich hoffe es, aber weißt du, Chris, meine Angst ist noch lange nicht besiegt." Alle blickten sie an und nickten. Es war so sicher wie das Amen in der Kirche, dass sie alle wieder und wieder der Angst in die Augen schauen mussten.

„Auf zur Königin Priya. Wir müssen Wolke und Elias finden", rief Grummel und dann marschierten sie los.

Kapitel 22

Die Fundstücke

Hektor zitterte jetzt am ganzen kleinen, dürren Leib. Er war nicht gewohnt, wirklich unterdrückt zu sein, denn das überließ er jeweils niedrigen Kreaturen. Aber er hatte den Bogen eindeutig überspannt! Wanzors Beulen standen hervor und aus seinem ganzen Kopf rauchte es. Aus den stechenden Augen quoll schwarzes Blut und dunkelgrüner, schleimiger Speichel floss aus den Mundwinkeln. Der riesige unförmige Troll war ein Bündel Boshaftigkeit sondergleichen! Mit erhobenen Pranken wollte er zum Schlag ausholen, als Hektor leise und angsterfüllt bettelte: „Böse Majestät, bitte nicht schlagen. Ich Hektor. Ich, ich, ich …" Er nestelte dabei nervös mit dem roten Tüchlein an seinem Hals. „Ich Hektor, ich geb's ja her …" Seine knorrigen Finger versuchten nun, den Knoten des Tüchleins zu öffnen. Doch der Giftzwerg war so durcheinander und voller Angst, dass es ihm nicht gelang. Wanzor senkte erstaunt seine Schlagfaust und donnerte: „Was? Du Wicht, du! Du tust gefälligst das, was ich sage!" Hektor zuckte und der hässliche Kopf war nun so tief in den Schultern, dass man ihn – geschweige denn das Tüchlein – kaum mehr sah. „Ich will dein Tüchlein nicht!", wandte Wanzor nun eine Spur beruhigter ein. „Ich brauche das nicht! Es nützt mir nichts! Die Bälger sind ja nicht hier, du Trottel, du elender, giftspeiender Aasgeier", schimpfte er von grässlichen Flüchen begleitet weiter. Hektor war nun fast eine halbe Körpergröße geschrumpft. Seine Augen fielen fast aus den Höhlen und ihm war anzusehen, dass er verzweifelt versuchte, sich aus der misslichen Lage zu befreien. Wanzor sah, wie sehr der kleine Wicht sich Mühe gab und befahl ihm: „Steh grade, du dreckige Ratte! Ich überleg' mir grade, was du für mich erledigen kannst. Du hast ja wirklich böse Qualitäten, die mir nützlich sein könnten."

„Ufff!", dachte Hektor sichtlich erleichtert. „Ich dachte, ich bin jetzt gleich hin!" Er legte seinen Handrücken an die Stirn und sagte: „Seine Majestät, was kann ich, Hektor, machen?" „Das werden wir sehen!", rief Wanzor, packte den Zwerg und schüttelte ihn gehörig. Dieser war einer Ohnmacht nahe, zuckte und ließ sich vom grauenhaften Gnom mitschleifen.

Elias war als Erster wach. Er schaute Wolke an und musste kichern. Sie sah so hübsch aus, wie sie da total zufrieden und lächelnd schlief. Sicher hatte sie gute Träume. Endlich einmal! Nach alldem, was ihnen zugestoßen war. Alles fühlte sich so unwirklich an. Er rieb sich die Augen und es schien, als ob ihm frische Energie zugeführt worden sei. Die üppige Mahlzeit hatte ihn gestärkt. Er stieß seine Freundin sanft an: „Hey Wolke, wach auf, du, wir müssen los. Hier können wir nicht bleiben." Das Mädchen drehte sich schlaftrunken, blinzelte und öffnete sofort ihre Augen. „Wo sind wir?", war ihre erste Frage. Doch allmählich dämmerte es ihr und sie hielt sich ihren gefüllten Bauch. Es war schön, so ohne brummenden Magen aufzuwachen. Sie war fröhlich und deshalb sprang sie mit einem Satz hoch. „Guten Morgen, Elias. Wir müssen los! Das Ende des Zauberseils wartet auf uns!", begrüßte sie den Jungen munter. Sie schwang ihr Stück Seil in die Luft und schwupp – antwortete dieses mit tanzenden Bewegungen. Es zeigte wieder in eine Richtung und das war für die Kinder der Wegweiser. Sie verließen ihren Schlafplatz und wanderten los. Sie beide genossen ihr gutes Gefühl und waren glücklich beim Gedanken daran, dass sie von einer guten Fee beschützt wurden. Denn beide hatten nicht ausgesprochen, was sie dachten. Priya hatte für sie gesorgt!

Im grauen Arbeitsanzug mit der gelben Aufschrift „Zoowärter" kehrte der ältere Mann den Schlafplatz des Affenhauses. Die Tiere waren draußen, denn das milde Herbstwetter erlaubte es, den Tieren sich im Außenbereich aufzuhalten. Sein Zustand war zwar einigermaßen in Ordnung, aber entsprach lange nicht den gesetzlichen Bestimmungen des Tierschutzes. Dafür hatte der Chef schon gesorgt. Pfleger Toni konnte keine andere Arbeit mehr finden und half ab und zu im Zoo aus. Dies freiwillig und ohne Bezahlung, denn er liebte den Zoo und seine Bewohner. Er kletterte in den alten, baufälligen Heuschober hoch, um eine neue Ladung Heu zu holen. Die Giraffe musste Hunger haben. Er war noch nicht dazu gekommen, sie in ihrem Gehege zu besuchen. Ächzend stieg er die klapprige Leiter hoch. Zu tiefst erschrocken sah er da einen Mann liegen. Dieser war ganz in schwarz gekleidet und viel schwarzes Haar verdeckte sein Gesicht. „Reto! Mensch, Reto, was machst du denn!", rief der Wärter und tätschelte dessen weiße Wangen. Viele gefühlt lange Minuten versuchte der Alte, ihn wach zu kriegen. „Hallo Reto! Hallo, hallo …", rief er und packte seine Schulter, um ihn wachzurütteln. Sogleich stoppte er seine Aktion, denn er wusste ja nicht, wie verletzt der Mann war. „Wo bin ich?", flüsterte Reto mit trockener Stimme. „Was ist passiert?" „Junge, du bist im Zoo", antwortete der Wärter. „Du bist in Sicherheit", fügte er hinzu und flößte dem wirren Mann einen Schluck starken, lauwarmen Kaffee aus seiner Thermoskanne ein.

Jadoo hing, wie schon so oft, seinen Gedanken nach. „Was wohl aus Reto geworden ist?", dachte er, während er zum Thronsaal seiner Mutter ging. Die anderen erwarteten ihn bereits. Alle waren sie anwesend und Grummel hielt die eingerollte Karte noch immer fest in seiner kleinen Faust. Priya hatte sehnsüchtig auf alle gewartet und freute sich sehr über den Erfolg der gefährlichen Mission. Sie war stolz, dass sie alle es geschafft hatten, die Riesenschlange Gran Gaya Snaka zu überwältigen. Es freute sie aber auch sehr, dass die weise, alte Schlange am Leben geblieben war. Denn, so alt wie die Welt zu sein, war eine Sensation, die es zu ehren galt. Außerdem war es ja eigentlich kein Diebstahl, sondern „nur" ein Ausleihen der Karte. So war es zumindest geplant gewesen. Sie, Priya persönlich, würde dafür sorgen, dass die Karte nach Gebrauch wieder im Grab der Tausend Königinnen ihre ewige Ruhe mit diesen finden würde. Alle standen nun vor der ausgebreiteten Karte, die würdevoll auf einem großen, in schönsten Schnitzereien gearbeiteten Holztisch lag. „Da oben, schaut her", begann Priya und zeigte mit ihrem Finger auf die Karte. Die Edelsteine blinkten und glitzerten an diesem. Ehrfürchtig blickten ihm alle nach und staunten über die filigranen Zeichnungen und Schriften, die sich auf dem Dokument befanden. „Hier, wo das baumelnde Seil eingezeichnet ist, da befindet sich das Ende des Zauberseils", erklärte die Königin weiter. Bonito konnte seine Augen nicht abwenden. Er war fasziniert von den Bling-Bling-Steinen, die am braunen Finger der schönen Priya funkelten. „Schön, krächz, krächz, schön ...", gab er mit seiner kratzigen Stimme zum Besten. Er war froh, dass niemand seine wahren Absichten erkannt hatte. Er liebte alles, was glitzerte und konnte einfach nicht widerstehen, ab und zu einmal ein bisschen zu stehlen. „Langkralle" war sein Spitzname. Aber das war eine andere Geschichte. „Also, wir müssen nur noch diesem Weg folgen, dann haben wir's geschafft", meinte Jadoo nun. Grummel nickte und war sich sicher, dass sie den Weg meistern konnten. „Goldlöckchen wird euch begleiten, denn sie hat genug Licht in sich. Außerdem trägt sie einen natürlichen Kompass in sich. Eine zusätzliche Gabe, so kann man das nennen", lächelte Priya. Nachdem sich alle gestärkt hatten, zogen sie, eingepackt in ihre goldenen Rüstungen, los.

Die kleine Fee tanzte fliegend vor den Gefährten her, begleitet vom schwarzen Raben, der wild mit seinen Flügeln um sie herumschlug. Sie kicherte und genoss ihren neuen Freund. Es war schön, in Gesellschaft zu fliegen! Die ganze Truppe war froh, ein strahlendes Licht zu haben und zu wissen, wo's langging! Grummel hatte Priya versprechen müssen, die Karte unversehrt wieder zu ihr zurückzubringen. Aluna und Echsi stritten sich um Belangloses und die beiden Elternpaare erzählten sich lustige Geschichten ihrer Kinder. Die Stimmung war sehr hell, obwohl sie alle in immer düsterere Landschaften gerieten. Zusammen war alles leichter!

Nach einigen Stunden des Wanderns und Fliegens versagten Bonito mit einem Mal die Flügel und hingen kraftlos nach unten. Er hatte sich für einen kurzen Moment total erschrocken! Da vorn! Da blitzte was! „Ach du meine Güte, etwas zum Klauen!", dachte er für sich, gab seinen Flügeln Befehl und flog in Pfeilgeschwindigkeit zum glitzernden Gegenstand. „Was ist denn das?!", rief er fragend und verdrehte unnatürlich seinen schwarzen Kopf.

Kapitel 23

Lebendige Energie

Das Zauberseil wirbelte über den Köpfen der Kinder. Wolke hielt es in kurzen Abständen hoch, um sich zu orientieren. Der Weg war steinig und mühsam zu begehen. Man musste höllisch aufpassen, um nicht über die eingewachsenen Wurzeln zu stolpern. Oft konnte sich Elias nur in letzter Minute noch an einem dürren Ast festhalten, damit er nicht hinfiel – und dies wäre auf den harten, trockenen Boden. Der Waldabschnitt hier glich einem toten Wald in einem düsteren Friedhof. Elias schaute sich ständig ängstlich um, denn er wollte nicht plötzlich von einem dahergelaufenen wilden Tier angefallen werden. Die Bäume ragten kahl, hohl und kurzarmig in die Höhe. Sie bildeten eine schwarze Kulisse am grauen Himmel und verströmten einen eigenartigen Geruch von Tod und Verderben. Der Junge zitterte wieder so sehr, dass Wolke vor ihm stehen blieb und ihn zu beruhigen versuchte. „Elias, es ist sicher nicht mehr so weit. Wir haben ja das Zauberseil, also zumindest einen Teil. Priya wird uns nicht im Stich lassen. Wir haben doch so viel zu essen bekommen." Der Junge nickte und schämte sich ein wenig darüber, dass seine Angst immer wieder hochkam. Sie gingen weiter und nach einer Weile bewegte sich vor ihnen etwas! „Halt! Stopp, Elias, bleib stehen!", flüsterte Wolke in einem Ton, der nichts als das Befolgen forderte. Quer über den schmalen Pfad rannte ein braunes Wollknäuel im Zickzack. Ein Pfeifen und Rascheln begleiteten das Wesen. „Das ist ein kleiner Troll!", rief Wolke immer noch flüsternd. Elias blickte dem nervösen Wesen sorgenvoll nach. „Ob es gefährlich war?", fragte er sich insgeheim und war bemüht, sich nichts anmerken zu lassen. Plötzlich blieb der Knäuel abrupt stehen und musterte die beiden großen Gestalten. Es hob seine Knollennase in die Höhe und schnupperte. Irgendwie rochen die komisch und so machte er einen Salto und – schwupp, war er wie vom Erdboden verschluckt! Wolke zog nun Elias am Ärmel und rief laut: „Los, komm, Elias, der ist weg! Da vorn ist ein großer Felsen. Es könnte sein, dass wir das Ende des Zauberseils gefunden haben!" Kaum gesagt, rannten die beiden los; über ihnen tanzte das Stück Seil wie wild! Ein gutes Zeichen! Sie mussten sich beeilen, denn am Horizont wurde es immer dunkler. Wolke hatte den Verdacht, dass bald ein heftiges Gewitter hereinbrechen und alles hier drunter und drüber gehen würde.

Reto fühlte sich, wie wenn er eine ganze Nacht über einen Kiesboden gezogen worden wäre. Sein Nacken tat weh und seine Glieder waren sicher aufgeschürft. Der Kaffee tat gut und ebenso auch, in ein bekanntes Gesicht zu schauen. Zoowärter Toni hatte ihm inzwischen eine Decke gebracht und ihn darin eingewickelt. „Was, in Gottes Namen, suchst du hier, Reto?", fragte ihn dieser jetzt. „Ich weiß nicht, was geschehen ist, Toni. Warst du schon im Zoo? Ein paar Tiere sind weg. Ich habe Jadoo getroffen und all die anderen", antwortete er noch immer benommen. Toni tätschelte seine Wangen und war froh, dass der junge Mann wieder etwas Farbe angenommen hatte. „Bin grad erst gekommen. Hatte bis jetzt frei. Aber ich mach mich dann mal auf die Socken. Geht's? Kann ich dich alleine lassen? Welche Tiere sind weg? Wer ist ausgebrochen?" Die Fragen des Wärters prasselten über Reto. „Eigentlich nur zwei: Die Echse und die Giraffe. Sonst ist noch alles beim Alten", zählte er auf. „Also, ich werde da nachschauen, und du, du bleibst schön hier liegen und ruhst dich aus. Ich komme dann zurück und bringe dir was zu essen. Dann werden wir sehen, wie wir das Problem lösen." Er packte seine Schaufel und stieg die Leiter hinunter. Reto seufzte. „Wer hat mich bloß aus dem Verlies zurückgeholt?", dachte er bei sich und wusste, dass bei dieser Energie, die aufgewendet worden war, nur einer in Frage kommen konnte.

Hektor spuckte Gift und hustete wie ein Verrückter. Der harte Griff Seiner Majestät Wanzor machte ihn völlig fertig. Er konnte seinen Spuckreflex nicht mehr kontrollieren und musste alle Energie aufwenden, seinen Meister nicht anzuspucken. Dieser wischte den Geifer einfach weg und es schien, als ob es ihm nichts anhaben konnte. Wanzor war das Böse in Gestalt! Die Beulen an seinem Kopf standen leuchtend ab, sein Gesicht hatte sich puterrot verfärbt und seine Augen spien schwarze Funken. Aus den riesigen Nasenlöchern dampfte dunkelgrauer Rauch und seine Stimme war ein Grollen aus der Hölle! Schwefelgeruch umgarnte ihn wie ein liebestrunkener Geist, der ihm huldigte. „Hör damit auf! Sonst stopf ich dir dein giftiges Maul mit deinem Saft und deinen abgehackten Füßen und Händen, du Bastard!", schrie er den dürren Zwerg an. Bei dieser Vorstellung musste Hektor leer schlucken und sich noch mehr bemühen, seinen Reflex zu unterdrücken. Er versuchte nun, alle Spucke in die trockenen Büsche zu lenken. Diese, sobald sie getroffen waren, verbrannten auf der Stelle. Noch immer schleifte der Teufelssohn den Giftzwerg am losen schimmernden Tüchlein, das um den Hals gebunden war, durch die unheimliche Gegend. Am Himmel waren pechschwarze Wolken sichtbar. Sie waren bereit zum Kampf! Donner grollte dröhnend mit stechenden grellen Blitzen am Firmament um die Wette und beschwor das Grauen hervor. Wanzor war in seinem Element! Die Energien waren auf seiner Seite! „Kommt alle nur, ihr unheiligen Kräfte!", schrie er durch die unheimliche Nacht. Dann lachte er sein Teufelslachen und Hektor wurde immer kleiner.

„Da ist ein Handy!", rief Jadoo. Nachdem alle hinter Bonito hergerannt waren, staunten sie nicht schlecht, als es da am Boden vor Jadoos Füßen lag. „Schade!", dachte der Rabe enttäuscht. „Das wäre ein schöne Beute gewesen. Das Silber glitzerte so wunderbar im Licht des Zitrusfalters!" Nach kurzer Überprüfung durch die technisch gewandten Männer war klar, dass der Akkustand des Geräts auf Null war. „Keine Energie", meinte Christian betrübt. Er hatte irgendwie gehofft, dass das kleine Ding sie retten könnte. Über Tanjas Wange lief eine einzelne Träne, die sie mit einem Schluchzer wegwischte. Das Mobiltelefon ihres Sohnes zu erblicken, war sehr hart für sie. Wieder verfiel sie in ihren Kummer über den Verlust ihres einzigen Kindes. Resa schmiegte sich an ihr Bein und tröstete sie: „Wir werden Elias bald finden. Ich fühle das, Tanja." Diese hob das Schweinchen hoch und streichelte das rosa Tierchen liebevoll. Della trat zu den beiden und umarmte sie fest.

„Wir müssen weiter. Da braut sich etwas zusammen. Schaut mal, da drüben!" Grummel, wieder ganz Polizist, zeigte mit seinem kleinen Finger zum Horizont. Er kannte das! Im Zauberland inmitten eines gewaltigen Sturms zu sein, das war gar nicht lustig! Chris verstaute das Handy seines Sohnes in der Jackentasche. „Reißverschluss sei Dank!", dachte er bei sich und marschierte hinter den anderen her. Goldlöckchen breitete seine Flügel aus und verströmte gleißendes Licht. Seine Kraft war zurückgekehrt. Voller lebendiger Energie flog es voran und leitete die Suchenden durch die unheilsame und furchteinflößende Gegend. Und es wurde nicht besser! Das Gewitter drohte am Himmel, die Wolken krachten aneinander und entluden zornig ihre Fracht. Die Blitze zuckten wie Lichtschwerter und erhellten mit ihrer Energie für kurze Momente das ganze Zauberland! Regensträhnen füllten die ganze Umgebung und erschwerten ein Vorwärtskommen.

„Daaaa!", schrie Grummel in den prasselnden Regen. „Da vorne ist ein großer Felsen! Es ist nicht mehr weit bis zum Ende des Zauberseils! Das ist genau die Stelle, die auf der Karte eingezeichnet ist! Das hängende Seil!", fügte er kreischend an und rannte wie der Teufel, gefolgt von allen, los.

„Sie brauchen alle viel Energie, verdammt viel Energie …", dachte Reto noch, als er, in die alte, karierte Pferdedecke eingewickelt, in tiefen Schlaf fiel.

Kapitel 24

Am Fuße des schwarzen Felsen

„Ich glaube, dass ich wieder weiß, wo wir sind!", rief Grummel seinem Gefolge zu und kämpfte gegen den immer stärker werdenden Sturm. Seine Stacheln standen spitz und gefährlich von seinem Leib ab. Irgendwie schienen sie zu leuchten und den anderen den Weg zu weisen. Die beiden Männer bemühten sich, mit dem flinken Igel mitzuhalten. Auch Aluna, die Resa und Della huckepack genommen hatte, versuchte mit aller Konzentration und körperlicher Kraft nicht vom nassen, glitschigen Weg abzukommen. Echsi war in seinem Element! Von Wasser konnte er nicht genug bekommen. Er rannte, beladen mit Tanja, den Weg zum großen Felsen entlang. Goldlöckchen und Bonito hatten sich zusammengetan und flogen dicht hinter Alunas langem Hals, der ihnen einen gewissen Schutz bot. Der Zitrusfalter gab aber immer noch sein Bestes und leuchtete fleißig. Er sah aus wie ein kleines, helles Glühlämpchen. Die Regenfäden waren stark und verhinderten eine gute Sicht. So waren alle froh, dass wenigstens ein bisschen Licht da war. Ansonsten mussten sie sich jetzt auf ihren Instinkt verlassen. „Haaaaalt!", schrie Grummel plötzlich. „Bleibt alle sofort stehen!", befahl er jetzt. Jadoo und Chris stellten sich neben Grummel, blieben stumm und gaben Handzeichen nach hinten. Jeder kapierte sofort.

Vor ihren Augen rannten ungefähr zwanzig Wollknäuel wie wild durch die Gegend und schrien wie am Spieß. Die Schreie waren durchdringend und alle Gefährten hielten sich ihre schmerzenden Ohren zu. Nur Aluna, die so weit oben einen ganz anderen Blickwinkel und somit ein anderes Geräuschempfinden hatte, schaute etwas verdutzt in die Runde. Auch die beiden Flugtiere waren erstaunt über die jähe Unterbrechung ihrer Reise. „Was ist los?", zwitscherte Goldlöckchen fragend. „Weiß nicht so genau, krächz, krächz", flüsterte Bonito und schlug seine schwarzen Flügel nervös auf und ab. „Sieht aus, als ob die uns überfallen wollten, krächz, krächz." Bonito startete einen steilen Sinkflug und landete auf Jadoos Schultern. „Was wollen die?", fragte er und vergaß sogar zu krächzen. Die Fläche unter seinen Krallen schob sich nach oben. „Weiß nicht, sei still!", befahl Jadoo nun. Die wilde Turneinlage und die vielen hohen Schreie hörten nicht auf, im Gegenteil: Sie wurden immer wilder! Wie wenn bei einer Filmaufnahme der Schnelllauf-Knopf auf 20 x gedrückt würde, rannten die braunen Viecher, oder was auch immer die waren, wie von einer Tarantel gestochen über den Weg und blockierten den Durchgang zum großen Felsen.

„Aus'em Weg, weg da!", brüllte nun endlich die riesengroße Echse, die vorsichtshalber ihre Fracht abgeladen hatte. Echsi hatte sich endlich entschlossen zu handeln! Irgendjemand musste ja was tun! Furchteinflößend hielt er seinen Rachen offen und ließ seine scharfen, spitzen Zähne blitzen. Der Geifer rann ihm theatralisch aus den Zwischenräumen und seine Augen waren nur noch stechende Schlitze. Das goldene Kettenhemd, das majestätisch an seinem Hals nach vorn hing, rasselte wie Gefängnisketten. Er hatte sich auf seine Hinterbeine gestellt, denn das hatte er im Verlies sehr gut üben können. Sicher trampelte er auf dem Weg und ließ bei jedem Tritt die Erde beben. Er sah aus wie ein riesiger Drache, der über Jahrmillionen überlebt hatte und mit dem nicht zu spaßen war. Leider konnte er kein Feuer spucken. Aber das düstere Licht und die unheimliche Nacht halfen ihm sehr, ein angsteinflößendes Bild abzugeben. Alunas große Kulleraugen leuchteten. „Fein sieht er aus!", dachte sie stolz, als sie die Szene so von oben herab beobachtete.

Der größte der Wollknäuel-Gesellen schreckte mit einem Mal hoch. Es schien, als ob dieser der Chef war. Er hatte den grässlichen Drachen erblickt und blieb augenblicklich still. Die kleineren Wesen stoppten ihre Sprünge und wilden Aktionen und waren plötzlich genauso still. Echsi hatte also mit seinem mächtigen Auftreten etwas bewirkt. Er stand stolz da und wartete ab, was sich weiter ergeben würde. Kein Geräusch außer dem Regen und dem Donnern war mehr zu vernehmen. Ein Blitz schlug, hell und lang wie eine gezackte Schlange am schwarzen Himmel, in den dunklen, hohen Felsen ein. Echsis Kette blinkte golden und schenkte ihm ein noch dramatischeres Aussehen. Der große Stein dort drüben war nun hell beleuchtet. Zwei lange Schatten wurden für eine Sekunde sichtbar und erschreckten die sich schweigend anschauenden Gestalten zu Tode! Resa rannte als Erste hinter die dicht beieinanderstehende Gruppe und versteckte sich. Sie hielt sich ihren blonden Zopf vor die Augen und betete innerlich. „Bitte, bitte, mach, dass das sofort vorüber ist!" Die Frauen gaben sich nun sehr langsam die Hände und hielten einander fest. Grummel überlegte, was nun weiter zu tun wäre. Und dies alles innert einer Sekunde! Der Chef-Wollknäuel streckte seine lange, blaue Zunge in die Luft und schnalzte ein paar unbestimmte Laute. Mit einem Male waren alle herumstehenden Wollknäuel-Wesen verschwunden!

Grummel, der so gar nicht auf diesen Überfall vorbereitet gewesen war, konnte als Erster wieder klar sprechen. Langsam sagte er: „Nun ja, da die Kerle verschwunden sind, schlage ich vor, dass wir uns einmal um die beiden Schatten da vorn kümmern." Benommen und noch im Nebel des Geschehens liefen die Freunde durch die nicht enden wollenden Regenfäden zum Fuß des großen Felsen. Sie alle zitterten, denn die Angst sass ihnen im Nacken. Und dies nicht nur wegen des vielen Regens! Chris versteckte die eine Hand in seiner Jackentasche und fühlte das kalte Metall eines Gegenstandes! Ach ja, Elias' Handy! Jadoo, der die linke Hand ebenfalls in seiner Jackentasche hielt, fasste nervös nach dem zerknüllten Papier, das ihm Reto vor seinem Verschwinden zugesteckt hatte.

Ständig durchzuckten helle Blitze das Geschehen und wurden von grollenden Donnerschlägen begleitet. Die kurze Strecke schien sich ewig lang hinzuziehen. „So weit waren doch sonst die Wege hier nicht?!", dachte Grummel etwas genervt. Die Gegend kam ihm bekannt vor und er ging so sicher wie möglich voran. Die langen Schatten hatten sie nicht mehr zu Gesicht bekommen. Und auch die komischen, gehässigen Wollknäuel ließen sich nicht mehr blicken. „Hast du gut gemacht, Echsi!", lobte er und klopfte seine kleine Vorderpfote auf einen von Echsis Zeh. Dieser lächelte schelmisch, blieb aber achtsam und beobachtete argwöhnisch die ganze Gegend. „Schlimmer wird's nimmer!", dachte er für sich, sagte aber nichts. Echsi war stark und klug! Das hatte er ja mittlerweile oft bewiesen.

Das Stück Zauberseil tanzte unkontrollierbar über den Köpfen der beiden Kinder und wollte beim besten Willen nicht gehorchen. Die Nacht war nass, ungemütlich, wenn nicht unheimlich, und die beiden hatten es wieder einmal vollkommen satt! „Echt jetzt", jammerte Wolke, „ich kann bald nicht mehr. Es tut einfach, was es will, Elias." Dieser hatte schon lange den Eindruck, dass nichts mehr funktionierte. Oder besser gesagt, alles drunter und drüber war. „Ich denke, dass wir schon ganz nah der Stelle sind, wo wir abgestürzt sind", meinte er und hoffte, seine Freundin damit etwas zu beruhigen. Wolke stutzte und schaute sich fragend um: „Du meinst, dass wir hier gelandet sind?" „Ja, das kommt mir bekannt vor. Das Monster, der Schimmel, hat uns hier gefunden. Also kann die Stelle nicht weit sein", erklärte Elias. Die Blitze schlugen ständig grell und gezackt in den emporragenden Felsen und erleuchteten die ganze Umgebung. „Einerseits gut, aber andererseits ziemlich unheimlich", flüsterte Wolke, als gerade wieder einmal einer eingeschlagen hatte. „Ja, stimmt", gab Elias zu und duckte sich erschrocken. Er hatte festgestellt, dass sie sich bestimmt zu auffällig verhalten hatten. Wolke kauerte nun auch am Boden und so warteten sie beide, bis es wieder ganz dunkel geworden war. „Die Luft ist rein", sagte Wolke dann und beide rannten so schnell sie konnten von Deckung zu Deckung zum Fuß des großen Felsen.

Zitrusduft und leises Pfeifen zogen nun alle Aufmerksamkeit auf die beiden. „Da, schau!", rief Wolke und zeigte auf das näherkommende Licht. „Das ist ein Zitrusfalter, Wolke", antwortete nun der Junge und zog das Mädchen hoch. Beide staunten und folgten dem tanzenden Falter. „Krächz, krächz, krächz!", schrie eine Rabenstimme durch die Nacht. Wieder zuckte ein Blitz am Himmel und Donnergrollen stimmte in den Kanon mit dem laut klagenden Regen ein. „Bonito, Bonito, Bonito, da ist was!" Eine glockenhelle Stimme klang durch die dunkle Nacht. Wie ein Hoffnungsträger hallte der Name „Bonito" in den Ohren der verlorenen Kinder und durchdrang Wolke und Elias bis in ihre tiefen, angsterfüllten Seelen.

Grummel, Resa, Jadoo, Della, Chris, Tanja, Aluna und Echsi rannten so schnell sie konnten dem hellen Licht, das Goldlöckchen verströmte, nach. Sie trugen die Worte „Da ist was" in ihren angst-, aber hoffnungsvollen Herzen.

„Wolke!", rief Della und gleich danach schrie Tanja laut: „Elias!"

Kapitel 25

Reue und Vergebung

Er reckte und streckte sich. Reto war plötzlich hellwach und schaute sich benommen um. Die große Seilspule zu seinen Füßen war leer, das heißt, ein Seilende lag wie ein totes Tier neben der Rolle am Boden. Reto hangelte sich mit schmerzverzerrtem Gesicht nach vorn. Wie er mit einem kurzen Blick feststellen musste, war das Stück nicht mehr zu gebrauchen. Ein weiterer Blick auf seinen Körper bewies, dass seine bleichen Arme mit blauen Flecken übersät waren. Er ächzte und versuchte aufzustehen. Mit Mühe gelang es ihm und er überlegte, wie er weiter vorgehen sollte. Da kam ihm eine Idee! Er nahm das Stück Seil, steckte es in seine Manteltasche und kletterte langsam und vorsichtig die steile Leiter zum Ausgang des Schobers hinunter. Es war immer noch Nacht und er fragte sich, wie viele Stunden er wohl geschlafen hatte. Vier oder fünf? Hinkend rannte er über den Gehweg, der durch den ganzen Zoo führte und öffnete den Hintereingang mit einem Schlüssel, den er besaß. Leise schlich er aus dem eingezäunten Areal und rannte zu Onkel Walters Anwesen. „Ich muss unbedingt ins Büro!", dachte er für sich und beeilte sich, immer auch darauf bedacht, dass ihn niemand entdeckte. So wie es schien, war Onkel Walter nicht zu Hause. „Zum Glück!", flüsterte er leise vor sich hin, drückte leicht das Parterre-Fenster auf und stieg dann mit einem langen Schritt ins Innere des Gebäudes ein.

Della und Tanja rannten wie von Sinnen und ohne jede Sicht durch den tobenden Regen. Es war wie eine Fata Morgana! Sie hatten während des Blitzeinschlags in den großen Felsen ihre Kinder für einen Augenblick hell erleuchtet gesehen. Alle Gefährten rannten immer noch hinterher. Goldlöckchen und Bonito waren als Erste an der Stelle – dort, wo ungefähr der Blitz eingeschlagen haben musste.

Wolke und Elias saßen eng zusammengekauert am Felsen. Augenblicklich sprangen sie auf und rannten ihren Müttern entgegen. Auch sie hatten die beiden Frauen sofort erkannt! „Mama, Mama!", riefen sie wie im Chor. Della schloss Wolke in ihre Arme und Tanja tastete ihren Sohn von Kopf bis Fuß ab. Sie konnte nicht glauben, dass er es wirklich war! Sie hatten ihre Kinder lebendig wiedergefunden! Jadoo und Chris umarmten ihre Findlinge wie verrückt und Jadoo hob seine Tochter hoch und wirbelte mit ihr herum! Wolke weinte vor Glück und Erleichterung. Sie fühlte sich so gut! Endlich, endlich hatte sie ihre Familie wieder! Der Freudentaumel war unglaublich! Echsi und Aluna trampelten wie wild umher, Bonito und Goldlöckchen tanzten im Regen und Resa und Grummel hielten sich glücklich in den Armen.

Plötzlich donnerte es und alles um die Feiernden verdunkelte sich noch mehr. Pechschwarze Wolken beherrschten den Himmel und ein brausender Wind tauchte aus dem Nichts auf. Der Regen peitschte auf den Felsen und den Boden und durchsichtige graue Geister flogen um ihn herum. Sie kreischten und schrien, es waren Gestalten aus der Hölle. Ein gewaltiger Schatten erhob sich. Er hatte die Form eines Gnomen. Dann erklang eine strenge, aber helle, liebliche Stimme: „Walter Schimmel! Hör mir zu! Lass das! Du hast mein Leben zerstört und ich lasse nicht zu, dass du das noch einmal machst!" Das war ein Befehl! Jetzt überschlug sich die Stimme fast. In gleißendes Licht eingehüllt schwebte Priya über dem schwarzen Felsen. Wanzor, umgeben von seinen Teufelsgestalten, schwebte auf Augenhöhe mit der Königin des Traumreichs. Hektor dicht hinter ihm verdrehte seine kleinen Augen. „Das ist nicht gut!", dachte er verzagt, machte einen Satz auf den dunklen Felsen und war innert einer Sekunde verschwunden. Wanzor gab nun zornig zurück: „Wegen dir, du elendes Weibsbild, muss ich so leben! Walter Schimmel ist hier tot! Hier lebt Wanzor Schimmelgurk!" Seine Beulen standen nun gewaltig heraus und sein Kopf rauchte. Die Nasenlöcher waren so weit offen wie sein grausiges Maul. Spitze Zähne ragten heraus und sein Lachen hörte sich nun an wie mit tausend Echos. Die Wolken tobten und krachten aneinander. Die staunenden Zuschauer standen, jäh aus ihrer Freude gerissen, da und konnten ihre Münder nicht mehr schließen. Sie hielten sich zitternd vor Angst, denn nichts, was Wanzor von sich gab, konnten sie verstehen. Was war da bloß los? „Hör mir zu, Walter Schimmel! Hör mir endlich zu! Du hast mir meinen Sohn genommen, du hast mich umgebracht und vielen Menschen das Leben zur Hölle gemacht. Denk an deine Schwester, an Maria, die deinetwegen gestorben ist. Und deinen Großneffe Reto, den du in den Abgrund ziehen wolltest. Walter Schimmel, ich bin auch nicht unschuldig an dem Geschehen und meine Reue ist groß, größer als vieles!", sprach Priya. Wanzors Stimme donnerte ächzend bei der Aufzählung seiner Schandtaten. Die Geister schwirrten wieder umher, schrien und dicker, kalter Nebel umgab sie. „Sei endlich, endlich von deinem Fluch befreit, Walter Schimmel! Sei nicht mehr Wanzor, sei Walter! Ihr guten Geister, Geister aus dem Grab der Tausend Königinnen, bewacht seit Millionen von Jahren von der Gran Gaya Snaka, nehmt den Fluch von diesem Monster! Auf dass es nicht mehr Lügen, Betrügen und Morden kann!", rief Priya laut in die tosende Nacht. In diesem Moment schlugen unzählige Lichtblitze auf den taumelnden Wanzor ein und nahmen den bösen Fluch von ihm. Priyas Licht erlosch und sie senkte ihren Blick zu Boden. Sie war unendlich müde und völlig erschöpft. Jadoo rannte ihr entgegen, stützte seine Mutter und brachte sie zu seinen Freunden.

Walter Schimmel war weg. Niemand sah, wo er hingegangen war und wie er verschwunden war. Einfach so, spurlos und mit ihm die ganze Dunkelheit und die bösen Geister.

„Ähm, ich möchte ja nicht stören, aber ich glaube, es ist besser, wenn wir uns irgendwo unterstellen. Nicht alle mögen das Wasser so sehr wie Echsi", meinte nun Aluna etwas verlegen. Sie war völlig durchnässt und die Wassertropfen rannen über ihre Wangen, sodass es aussah, als ob sie weinte. Das Lächeln auf ihrem samtenen Mund wirkte aber zauberhaft und so waren alle mit ihrem Einwand einverstanden. „Es sollte irgendwo in der Nähe eine Höhle geben. Da finden wir vorerst einmal Unterschlupf", erinnerte sich Grummel und trieb sanft alle zusammen. Die Kinder und Mütter hielten sich immer noch fest bei den Händen, während die beiden Männer vorangingen. Bald fanden sie die Höhle, die ziemlich trocken war und guten Schutz bot.

Priya, die sehr mitgenommen war, folgte ihnen. Bonito und Goldlöckchen kümmerten sich rührend um ihre Königin. Wolke war fasziniert von der exotischen Schönheit und lauschte gebannt den Erzählungen. Della und Tanja hatten es sich auf dem harten Boden so gemütlich wie möglich gemacht und hörten ebenfalls den Ausführungen zu. Priya erzählte von ihrem Mann Aman und wie dieser den Tod durch den Schlangenbiss gefunden hatte. Auch wie Walter Schimmel um ihre Gunst geworben und den Jungen Jadoo wegbringen lassen hatte. Es war eine Geschichte, die mit so unglaublich viel Leid verbunden war. Walter Schimmel hatte sich zeitlebens so verhalten, dass alle, die mit ihm zu tun hatten, gelitten haben. „Aber vielleicht hat er am meisten gelitten", meinte Priya und war froh, dass sie endlich ihr schlechtes Gewissen hatte entlasten können. Der Fluch war gebannt und Walter weg. Sie fühlte, dass nun eine neue Zeit anbrechen würde. Sie würde in ihr Reich zurückkehren und in Frieden leben können. Und das hoffte sie auch für ihren Sohn und dessen Familie. Wolke war entzückend und auch Elias' Anblick erfreute ihr Herz. „Sie schaffen das alles!", dachte sie für sich und sprach laut: „All ihr lieben Menschen, ich muss euch verlassen. Eine neue Zeit ist angebrochen und ich muss in mein Reich zurück. Bitte kommt und besucht mich. Und denkt daran: Vertraut, liebt und lebt in Frieden, dann wird alles gut. Ich bin immer mit euch, in euren Herzen. Und findet das Ende des Zauberseils. Es ist nicht weit." Dann schwebte sie über den Köpfen und, ehe sie alle sich versahen, war die Königin des Traumreichs verschwunden.

Inzwischen hatte Resa ein Feuer gemacht und zusammen aßen alle von den letzten Vorräten. „Wir haben nichts mehr zu essen, Grummel. Was sollen wir machen?", gab sie mit einem kritischen Blick in den Rucksack zu bedenken. „Ja, ich weiß, Resa. Die Leute da", antwortete er und zeigte mit dem Finger auf die Anwesenden, „müssen zurück in die große Welt und in den Zoo. Sie haben ein normales Leben." Alle Anwesenden nickten zustimmend. Echsi wollte endlich wieder einmal einen saftigen Fisch verspeisen und Aluna erfreute sich an der Vorstellung, sich im warmen Sand zu wälzen. Della und Tanja wünschten sich einfach nur ein ruhigeres Leben, was in Anbetracht ihrer Umstände sehr verständlich war. Grummel blickte verstohlen in den Rucksack. Ach ja! Da lag sie, die Karte! Sie sollten sich morgen Früh aufmachen und das Ende des Zauberseils finden. Das war der Plan. „Hoffentlich regnet es morgen nicht mehr!", dachte der Igel sorgenvoll.

Auch Jadoo sinnierte so vor sich hin, nahm den zerknüllten Zettel aus seiner Jackentasche und hielt ihn hoch. „Das ist der Schlüssel zu unserer Welt", meinte er triumphierend. Als er all die verdutzten Gesichter sah, lachte er schelmisch.

Kapitel 26

Zusammenhalten und Gehen

Sie sahen sich alle fragend an. „Was soll der Zettel?", wollte Grummel als Erster wissen. Echsi warf unsicher eine Vermutung in die Runde: „Könnte ein Hinweis sein." „Was steht denn drauf?", wollte nun Grummel weiter wissen. Jadoo strich das Stück Papier glatt. Dann wurden ein paar kryptische Zeichen sichtbar – das erste Mal seit Retos Verschwinden, dass er überhaupt einen Blick darauf warf. Er überlegte und versuchte, die Zeichen zu deuten. „Hast du da etwas dazu zu sagen?", bohrte Grummel weiter. Er hatte den Verdacht, dass Jadoo mehr darüber zu berichten wusste, als er preisgab. „Sag schon, Jadoo, was hat es mit den Zeichen auf sich?", mischte sich nun Chris ein. Alle versuchten nun, aus dem kleinen Papier schlau zu werden. Aluna verrenkte sich so sehr den Hals, dass sie ihren Blick nun genau 180 Grad verkehrt hielt. Womöglich wollte sie sehen, ob die Zeichen andersherum einen Sinn ergaben. Aber auch sie wurde nicht schlau daraus und drehte ihr Gesicht wieder in die normale Position. Mein Gott, war ihr schlecht! Nachdem Jadoo eine plötzliche Eingebung hatte, rief er erfreut: „Leute, das ist unsere Geheimsprache!" „Geheim ist gemein!", feixte Resa sofort. Sie mochte solche Sachen nicht. Bei ihr musste man mit offenen Karten spielen! Die Empörung war ihr anzusehen. Jadoo packte einen kleinen, verdorrten Ast und brach sich ein Stück davon ab. Dann schrieb er in den trockenen Höhlensand und tüftelte herum. „Was machst du da?", fragte ihn Della. Alle standen nun staunend um den gebückten Jadoo herum. „Er schreibt!", wandte Aluna erklärend ein. „Von hier oben aus sehe ich das wunderbar." Es war still in der Höhle und man hörte nur das Knistern der Feuerstelle. Goldlöckchen flog zum Zettel und gab so viel Licht, dass man alle Zeichen gut sehen konnte. Viele Minuten verbrachte Jadoo nun mit dem Entziffern. „Hast du es raus?", fragte nun Wolke und knackste mit den Fingern. Elias legte den Zeigefinger vor seinen Mund: „Psst! Er muss sich konzentrieren!"

Im Büro seines Onkels herrschte absolute Stille. Reto war unbemerkt ins Haus gekommen und geradewegs in den gesuchten Raum gelaufen. Böse starrten ihn zwei schwarze, kleine Augen an. Die gehörten der grimmigen Wanddekoration, die mutterseelenallein an der Wand gegenüber dem gewaltigen Schreibtisch hing. Durch die Mitte des Teufelskopfs führte ein Spalt, der sich, wie Reto wusste, öffnen ließ. Aber wie, das wusste nur Onkel Walter. Aber leider war dieser nicht da. Reto öffnete jede Schublade und suchte nach irgendetwas. Er wusste aber gar nicht so genau, nach was eigentlich. „Vielleicht finde ich was; oder vielleicht taucht einfach so eine Lösung auf?", dachte er verzweifelt. Instinktiv wusste er, dass die verfügbare Zeit wohl irgendwann abgelaufen sein musste. Onkel Walter würde sehr früh morgens wieder hier sein und sich fragen, was sein Großneffe hier zu suchen hatte. Erschöpft setzte sich Reto auf den großen Bürosessel und dachte nach. Er hatte sich zu sehr angestrengt und wurde müder und müder. Plötzlich war er eingeschlafen.

„Es ist eine Formel! Ein Zauberspruch!", rief Jadoo begeistert! Er hatte die hastig dahingeschriebenen Zeichen entziffern können! „Ja!", riefen alle ebenso freudig. „Was für eine?", fragte nun Grummel ungeduldig und ärgerte sich ein wenig, dass es so lange gedauert hat. „Den Spruch kann ich jetzt nicht laut aussprechen, sonst wirkt er grad im Moment – oder eben nicht", erklärte Jadoo. Er drehte sich zu Wolke: „Sag, Wolke, was hat Priya euch gesagt, als sie euch erschienen ist?" Das Mädchen schaute zur Höhlendecke und dachte angespannt nach. Auswendiglernen war ihr immer schon leichtgefallen. Warum, wusste sie nicht.

Sie sprach ganz langsam mit einer hellen, klangvollen Stimme, die nicht die ihre war: „Wann immer ihr euch sorgt, tut es nicht. Sammelt eure Kraft und lasst die Energie in eure Rettung fließen. Nur Liebe bringt euch weiter. Denkt an diejenigen, die ihr liebt, an diejenigen, die euch lieben. Denkt an diejenigen und an die Dinge, die euch etwas bedeuten, und sammelt die Kraft. Es wird euch gelingen, glaubt an euch. Wiederholt die Worte ständig und ihr werdet sehen, dass euch geholfen wird. Dieses Seil ist das Zauberseil. Findet ihr den Anfang, verbindet es damit und ihr werdet euer Ziel erreichen. Und denkt daran: Zweifelt nicht, liebt und vertraut."

Erschöpft brach Wolke zusammen und wurde sofort von ihrer Mutter aufgefangen. „Das war nicht sie, die gesprochen hat", stellte Della fest. „Nein, genau diese Worte hat auch Priya benutzt", erklärte Elias zustimmend. Er streichelte verlegen Wolkes blasse Wange. Diese schlug ihre Augen auf und bekam bald wieder Farbe. Jadoo hatte sich jedes Wort notiert und stand nun wie gebannt vor dem Rätsel im Sand. Grummel und Chris gesellten sich zu ihm und berieten gemeinsam die Bedeutung.

„Also, den Anfang des Zauberseils müssen wir finden. Das ist schon mal sicher", kombinierte Grummel. „Dann gibt es da den Hinweis mit der Energie, der Kraft. Priya hat gemeint, dass die Sterne helfen. Das weiß ich noch. Und auch das Vertrauen", fügte Jadoo an. Chris meinte: „Um zurückzugelangen, muss viel Energie her. Und was hat viel Energie?" „Die Liebe!", riefen alle drei zusammen.

„Was Liebe?" Echse drehte sich abrupt um und Aluna schaute die drei fragend an. „Na, die Liebe ist die tiefste und größte Energie", erklärte Grummel. „Ja, das stimmt!" Jadoo war sichtlich erleichtert und fasste alles zusammen: „So wie ich es sehe, müssen wir uns alle halten und unsere Liebe bündeln. Dazu kommt die Sternen-Energie und dann zusätzlich noch die Zauberformel. So müssten wir zurück in unsere Welt kommen." Die Augen leuchteten plötzlich alle. Nur Goldlöckchen und Bonito wurden ein bisschen traurig. Sie waren doch alle Freunde!

„Wo wollt ihr denn das machen?", fragte Bonito und vergaß wieder einmal sein Krächzen. „Am Ende oder am Anfang des Zauberseils, am Fuße des schwarzen Felsen. Wir müssen dahin zurück", antwortete Jadoo und seufzte schwer.

Am nächsten Tag, als alle gut ausgeruht waren, marschierten sie los. Wie auf der Karte eingezeichnet, war der Weg nicht sehr weit. Alle waren zuversichtlich, aber auch ein wenig bange. Sie wussten ja nicht, wie es mit dem Zauberspruch klappen würde. Vielleicht würden sie ja alle verflucht? Oder sie würden niemals mehr zurückkehren können? Wolke dachte auch darüber nach, aber machte gleich hoffnungsvolleren Gedanken Platz. Nach einer halben Stunde Marsch trafen sie am Fuße des schwarzen Felsen ein. Dieser schien gar nicht mehr so gefährlich wie am Tag zuvor. Überhaupt hatte sich die ganze Gegend hier beträchtlich verändert. Viele grüne Pflanzen schienen über Nacht nachgewachsen zu sein. Blumen blühten um die zwar immer noch trockene Erde, aber der Anfang zu einem schönen Reich war gemacht. Hinter dem Felsen lag das Stück Seil. Grummel und Jadoo fassten es und hoben es hoch. Die beiden folgten ihm ein Stück weit und bemerkten, dass es sich in einem Nebelmeer verlor. Grummel hielt das Seil an seine Nase und meinte bestimmt: „Das ist es! Ich rieche Meer und Salz. Stinkt zwar unglaublich, aber das ist mit Sicherheit das Ende des Zauberseils!" Sie waren nun erst recht überzeugt, endlich gefunden zu haben, wonach sie gesucht hatten. Zum Glück!

Um den schwarzen Felsen standen sie nun alle und hielten sich bei den Händen. Jadoo hielt zusätzlich das Ende des Seils als Anfang des Kreises. Chris hielt das Seil ebenfalls und bildete das Ende des Kreises. „Schließt eure Augen!", befahl nun Jadoo. „Halt!", schrie Grummel entsetzt. „Wir bleiben hier!" Resa torkelte erschrocken zurück. „Alle, die hierbleiben wollen, treten zurück!" Bonito und Goldlöckchen flogen aus der Reihe. In einer kleinen Gruppe standen nun Grummel, Resa, Bonito und Goldlöckchen zusammen und winkten den anderen zu.

„Mit der ganzen Kraft der Liebe, der Sterne und des großen Zauberseils bring uns, Gran Gaya Snaka, Bewacherin des Grabmals der Tausend Königinnen, zurück in unsere Welt!", schrie Jadoo aus tiefster Seele und mit ihm Priya, die Königin des Traumreichs. „Bring uns heim, Gran Gaya Snaka! Die Königin Priya will es so!", nochmals glitt der Zauberspruch von Jadoos Lippen und in tausend Echos über das ganze Zauberland.

Reto erwachte plötzlich! Ein donnerndes Toben hatte ihn aufgeweckt. Instinktiv rannte er zum Teufelskopf. Aus den schwarzen Augen brannten Flammen lichterloh. „Öffne mich! Öffne mich!", schrie er von tausend Echos begleitet. Reto drückte zwischen die Stirn. Weißer Nebel brach wie ein tosender Wasserfall aus dem gespaltenen Kopf und umhüllte alles, was sich im Raum befand! Gleißender Sternenregen prasselte nieder und erhellte alles. Ein Stück Seil zuckte und tanzte wie wild umher und schüttelte eine Gestalt nach der anderen ab.

Wolke, Elias, Della, Tanja, Christian und Jadoo fielen benommen zu Boden. Echsi und Aluna kamen zuletzt und platschten aufeinander. „Auaaaahhh!", schrie Echsi. „Autsch!", schrie nun Aluna. „Du tust mir weh! Außerdem zwickt mich was." Sie kratzte sich hinter den Ohren und bemerkte ein kleines Licht. Es war ein Zitrusfalter, der sie verlegen anlächelte. „Du bist aber nicht Goldlöckchen, oder?", fragte die Giraffe und klopfte mit dem Vorderhuf auf das Fell. „Nein, leider nicht", säuselte das kleine Tierchen heiter, „aber ich hoffe, du magst mich trotzdem. Ich heiße Silbersträhnchen und du?"

Die beiden Mütter und Väter kümmerten sich um ihre Kinder, die wohlauf schienen. Reto schleppte sich mit schmerzverzerrtem Gesicht zu Jadoo und klopfte ihm linkisch auf den Rücken. „Na, alter Kumpel! Das war knapp!" „Ja, das kannst du laut sagen", antwortete dieser und lachte erleichtert. Sie waren endlich wieder zu Hause! „Wo sind wir überhaupt?" Nun war es Reto, der lachte: „Wir befinden uns im Büro des Teufels." Wolke und Elias blickten sich um und verstanden sofort. „Mama, Papa, wir müssen was tun! Der Zoo geht unter und ihr müsst uns helfen. Die Tiere sollen es guthaben. Bitte helft uns!", bat Wolke voller Tatendrang und Begeisterung. Elias drückte die Hand seiner

Freundin und nickte eifrig. „Die Tiere haben ein richtiges Zuhause verdient. So mit Stall und viel Platz", meinte er und schaute das Mädchen mit leuchtenden Augen an. Jadoo breitete seine Arme über dem ganzen Chaos aus und rief: „Ja klar!" Und für sich dachte er: „Haben wir denn nicht bereits sehr viel geholfen?"

Resa blickte Grummel liebevoll an, drehte verlegen an ihrem blonden Zopf und meinte: „Komm, lass uns nach Hause gehen. Du hast sicher Hunger, du Wald- und Wiesenpolizist." Dieser nickte und dachte für sich: „Ich werde in den nächsten Tagen die Karte in Priyas Traumreich zurückbringen." Sagte aber dann laut und bestimmt: „Eine gute Idee, liebe Resa!"

Bonito und Goldlöckchen tanzten freudig im Wind und spielten mit den Blumen auf der blühenden Wiese. Schon bald würden sie in Priyas Traumreich sein. Dort war es immer Frühling.

Indessen stiegen hunderte von kleinen Rauchsäulen in der Nähe des Erdpalastes auf. Wo immer gerade hingespuckt wurde, verbrannte die Erde im Nu. In einem fernen Land, das Zauberland genannt wurde.

HERZ FÜR AUTOREN A HEART FOR AUTHORS À L'ÉCOUTE DES AUTEURS MIA ΚΑΡΔΙΑ ΓΙΑ ΣΥΓΓΡ
ΤΑ FÖR FÖRFATTARE UN CORAZÓN POR LOS AUTORES YAZARLARIMIZA GÖNÜL VERELIM SZÍ
RE PER AUTORI ET HJERTE FOR FORFATTERE EEN HART VOOR SCHRIJVERS TEMOS OS AUTC
ÖINKÉRT SERCE DLA AUTORÓW EIN HERZ FÜR AUTOREN A HEART FOR AUTHORS À L'ÉCOU
ÇÃO ВСЕЙ ДУШОЙ К АВТОРАМ ETT HJÄRTA FÖR FÖRFATTARE Á LA ESCUCHA DE LOS AUTOI
URS MIA ΚΑΡΔΙΑ ΓΙΑ ΣΥΓΓΡΑΦΕΙΣ UN CUORE PER AUTORI ET HJERTE FOR FORFATTERE EEN I
ÖINKÉRT SERCE DLA AUTORÓW EIN HERZ FÜF
ÃO ВСЕЙ ДУШОЙ К АВТОРАМ ETT HJÄRTA FÖI

Die Autorin

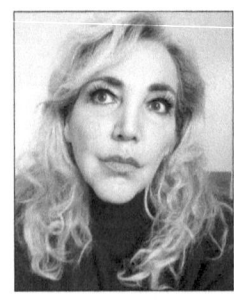

Manuela Uebelhart ist 1963 in Zürich geboren, wo die zertifizierte Erwachsenenbildnerin auch heute noch lebt und arbeitet. Seit frühster Kindheit malt, zeichnet und schreibt die Künstlerin französischer Herkunft. Nach einer soliden Lehre und Gründung einer Familie (2 Söhne) machte sie eine Grundausbildung an einer freien Kunstschule in Zürich. Weiterbildungen an der Hochschule für Gestaltung in Zürich sowie die Eröffnung eines eigenen Ateliers, erlaubten es ihr als freie Kunstmalerin tätig zu sein und ihr Wissen in Form von Kursen weiterzugeben. Später erfolgte die Ausbildung zur zertifizierten Erwachsenenbildnerin.

Als Mitglied diverser Literatur-Gruppen schrieb sie Gedichte, Essays und Kurzgeschichten. Das Schreiben ist für sie eine weitere Form, Bilder mit Worten zu malen. 2004 erschien ihre Kurzgeschichten-Anthologie „Innenraum", mit der sie auch zweimal auf der Basler Buchmesse vertreten war.

Viele Jahre leitete sie ein Art-Forum mit Galerie-Betrieb in ihrem Ort. Heute unterrichtet, malt, zeichnet und schreibt sie. Alles um sie herum dreht sich um Literatur, Kunst und Kultur.